KB050966

희귀로

영웅등전

회귀로 영웅독점　**18**

초판 1쇄 인쇄일 2022년 04월 08일 ┃ **초판 1쇄 발행일** 2022년 04월 14일

지은이 칼텍스 ┃ **펴낸이** 곽동현 ┃ **담당편집 팀장** 이범수
편집부 정요한 최훈영 조혜진

펴낸곳 (주)조은세상 ┃ 출판등록 제2002-23호
주소 서울특별시 동작구 동작대로1길 27 5층
TEL 02)587-2966 ┃ FAX 02)587-2922
E-mail bukdu@comics21c.co.kr

칼텍스ⓒ2022
ISBN 979-11-391-0628-2 ┃ ISBN 979-11-6591-494-3(set)
값 8,000원

칼텍스 퓨전 판타지 장편소설

회귀로

영웅특전

18

북두
(주)좋은세상

칼텍스 퓨전판타지 장편소설

FUSION FANTASY STORY

CONTENTS

Chapter 123.

왕궁 앞 광장.

이주원의 자수가 거짓이었음을 깨달은 이매는 순간 말문이 막혔다.

도대체 이리 중요한 사안을 왜 진작 말하지 않은 것일까? 기밀 작전을 공유하지 못할 만큼 방주들에게 믿음이 없어서였을까?

그런 생각에 머릿속이 혼란해진 것은 이매뿐만이 아니었다.

"오라버니가 우리를 속인 것입니까?"

"말조심해라. 단지 말하지 않았다고 해서 속였다고 볼 수 없지 않느냐."

9

그렇게 방주들이 저마다의 의견을 내뱉으며 소란을 피울 무렵, 여태껏 심각한 표정으로 생각에 잠겨 있던 이매가 입을 열었다.

"……그렇다는 말은 방주님을 아직 못 잡았다는 뜻입니까?"

그 말에 백성엽이 침묵하자 이매가 미소를 지었다.

"답하시지 못하는 걸 보니 소녀의 생각이 사실인 듯싶군요."

복잡하게 생각할 필요가 없었다.

기생들이 왕궁 앞까지 와 시위한 것은 모두 이주원을 구하기 위해서가 아니었던가.

그런데 가짜를 데리고 와 보여 줬다는 것은 아직 저들이 오라비를 붙잡지 못했다는 뜻.

결국 이주원이 이곳에 없다면 자신들은 원하던 바를 이미 이룬 것이나 마찬가지였다.

상상치도 못한 이매의 반응에 백성엽은 어이가 없다는 듯 물었다.

"이주원이 오늘 안에 나타나지 않으면 너희 모두가 죽는다. 이를 알고서도 웃는 것이냐?"

"그것이 높으신 분들의 선택이라면, 미천한 저희들이 어찌 왈가왈부할 수 있겠습니까? 그저 명을 따를 뿐이지요."

"한 사람을 위해 여기 모두가 목숨을 버리겠다?"

"가족을 위해서라면 응당 해야 할 일 아니겠습니까?"

지금의 홍등가가 유지될 수 있었던 건 이런 끈끈한 신뢰가 바탕에 깔려 있었기 때문.

　그리고 위대한 존재가 중심이 되어 준 덕분이었다.

　"그리고 오라버니라면 분명 무슨 생각이 있으실 겁니다."

　이매의 표정엔 확신이 가득했다.

　과거의 홍등가를 겪었던 이들에게 있어 이주원은 신과 다름없는 존재.

　희망조차 보이지 않던 구렁텅이에서 꺼내 준 존재였으니, 이번에도 그럴 것이라 믿었던 것이다.

　그런 이매를 백성엽이 안쓰럽다는 듯 바라봤다.

　"미쳐도 단단히 미쳤구나."

　이주원을 향한 이매의 믿음엔 이성 따윈 존재하지 않았다.

　논리적 판단이란 찾아볼 수 없는 맹목적 믿음이었으니까.

　어리석은 이매의 모습에 혀를 차던 백성엽이 표정을 차갑게 굳히며 말했다.

　"그래, 그러면 이주원의 생각도 그리한지 한번 확인해 보자꾸나."

　그리곤 이내 시선을 돌려 한쪽을 바라봤다.

　"때마침 오는군."

　이매 또한 백성엽의 시선을 따라 고개를 돌렸다. 이윽고 한 남자가 허공을 밟으며 날아오는 것이 보였다.

　젊은 남자.

　이주원은 아니었다.

그렇다면 저 남자는 누구인가?

그리고 왜 홍등가 쪽에서 날아오는 것인가?

그런 의문도 잠시.

이매의 앞에 착지한 남자는 바로 백성엽에게 다가가 말했다.

"대장군님."

익숙한 목소리였다.

자화루에 잠입했던 남자의 것이었으니 말이다.

이서하.

'저자가 왜 홍등가 쪽에서……'

그 순간 불길한 예감이 이매의 머릿속을 스치고 지나갔다.

설마 오라버니의 거짓 자수를 눈치채고 그를 잡으러 갔던 것일까?

그렇게 이매가 긴장할 때 이서하가 말을 이어 갔다.

"……죄송합니다. 이주원을 놓쳤습니다."

이매가 저도 모르게 안도의 한숨을 토해 냈다.

'다행이다.'

혹시나 했던 불상사는 벌어지지 않았다.

그렇게 긴장이 풀린 이매는 침착함을 되찾으며 당당히 말했다.

"제가 말하지 않았습니까? 우리 방주님에게 다 생각이 있을 거라고."

만약을 대비해 왕국 최강 이서하에게서도 빠져나갈 정도

로 치밀하게 작전을 짠 것이 분명했다.

그렇게 이매가 미소를 지을 때.

"뭔가 잘못 생각하는 거 같은데…….."

이서하가 고개를 내저으며 말했다.

"그를 놓친 게 너희한테 좋을 것이라고 생각하지 마."

직후 더없이 냉정한 얼굴로 이매를 직시했다.

"이주원은 당신들이 생각하는 구원자 따위가 아니니까."

이매는 어이가 없다는 듯 피식 웃었다.

"우습군요. 왕국 최강의 무사가 한다는 게 고작 협잡질이라니. 그 말을 우리가 곧이곧대로 믿을 거라 생각하시는 겁니까?"

"믿고 말고 할 것도 없어. 난 사실만 말했을 뿐이니까."

그리고는 광장이 쩌렁쩌렁 울리도록 큰 목소리로 외쳤다.

"그저 제 목숨을 부지하고자 가족을 버리고 도망간 겁쟁이일 뿐이지!"

"무슨 말도 안 되는 소리를……!"

이매가 미간을 찌푸리며 반박에 나섰다.

거짓말이다. 오라버니와 자신 사이를 이간질하기 위한 속임수가 분명하다.

'오라버니가 그럴 리 없어!'

마지막으로 이주원을 찾아가 자수하지 말라 권했을 때도 그는 가족을 버릴 수 없다면서 자신이 희생해야 함을 주장했었다.

그랬던 이가 도망이라니.

절대로 있을 수 없는 일이다.

그런 이매의 생각을 훤히 꿰뚫고 있다는 듯 이서하는 비웃음을 머금었다.

필사적으로 자기 합리화를 하는 모습이 너무도 같잖았던 것이다.

"그럼 하나만 묻지. 여기서 이주원이 스스로를 희생하는 것 외에 당신들을 구할 수 있는 방법이 뭐가 있지?"

없다. 하지만 자신이 모른다고 해서 오라비 또한 그러리라 생각할 수 없었다.

"오라버니라면 분명 방법을 알고 있을……."

"그것도 본인 생각일 뿐이지 않나?"

이서하가 말허리를 자르며 이죽거렸다.

"홍등가는 가족을 버리지 않는다. 이게 이주원이 세운 규칙 아닌가?"

이미 눈치챘을 테지만, 그것을 받아들이는 순간 지금까지의 모든 행동이 부정당하는 꼴이니 애써 인정하지 않는 것.

그것이 이매를 비롯한 홍등가 인물들의 작태였다.

그렇다면 그들이 끝내 마주하길 거부하는 현실을 들이밀 수밖에.

"그쪽은 잘 모를 수도 있지만, 보통 가족이란 위험해 처하면 당연히 보이는 모습들이 있지 아마?"

그 순간 이매의 동공이 흔들렸다.

비단 그녀뿐만이 아니었다.

다른 기생들 또한 미간을 찌푸리며 못마땅하다는 기색을
여실히 드러냈다.

이서하의 말은 홍등가에 속한 모두의 약점을 찌른 것이나
다름없었으니 말이다.

물론 의도한 바였기에, 이서하는 더욱 당당하게 말을 이어
갔다.

"그것을 희생이라 부르고, 이를 가장 먼저 실행하는 존재
를 보통은 가장이라 일컫지. 그렇기에 제대로 된 가장은 그
어떤 상황에서도 가족을 버리는 법이 없지."

가장(家長).

말 그대로 한 가정의 우두머리.

동서고금을 막론하고 가정을 지키기 위해 모든 위협과 맞
서 싸우는 것이 가장의 몫이었다.

정말로 홍등가가 하나의 가족이고 이주원이 그들의 아버지
같은 존재라면, 그가 해야 될 행동도 정해져 있다는 것이다.

"정말로 당신들 생각처럼 이주원이 홍등가 기생들의 오라
비이자 아버지였다면, 서슴없이 스스로를 희생해 홍등가를
지켰겠지. 하지만⋯⋯."

이매는 충혈된 눈으로 이서하를 노려보았다.

금방이라도 눈물이 흘러내릴 것만 같았다.

그럼에도 이서하는 가차 없이 속내를 꺼내 들었다.

이 순간 이매가, 그리고 광장 내 모든 홍등가 사람들이 듣고 싶지 않을 한마디를.

"이주원은 너희를 버렸다."

그것이 냉혹한 현실이었다.

홍등가.

그 안에 들어가 느낀 소회를 밝히라면, 이 한마디로 정의할 수 있었다.

'외로움에 잠식된 괴물들의 집합소.'

활기가 넘치는 곳에 무슨 외로움이냐 따질 수도 있다.

사내들의 애간장을 태울 만큼 아름다운 여성들로 가득하고, 저녁이면 웃음꽃이 끊이지 않는 장소였으니 말이다.

하지만 그건 홍등가의 단편만 보고 판단한 것일 뿐이다.

수많은 이들의 욕망과 함께 허전한 마음속을 채워 주지만, 정작 기생들이야말로 외로움에 허덕이는 존재였으니까.

'모순되지만 그것 말고는 표현할 말이 없지.'

인간(人間)이란 말로 알 수 있듯이, 사람은 절대로 홀로 살아갈 수 없다.

소수이나마 무리를 이뤄 그들만의 사회를 형성하고, 그 안에서 신의를 지키며 삶을 영위한다.

인간에게 있어 가장 괴로운 감정 중 외로움이 포함되는 것도 그 때문이다.

외로움 따위가 괴로워 봐야 얼마나 괴롭겠냐고?

'그건 뼈저리게 겪어 보지 않았기에 하는 말이지.'

동료를 잃고 홀로 숨어 지내며 외로움과 처절하게 싸워 봤기에 잘 안다.

혼자라는 사실이 얼마나 지독하고 끔찍한 것인지를.

단순한 돌덩이에 존순이란 이름을 붙여 가며 친구를 만든 것도 그 때문이었다.

그조차 없었다면 나란 존재는 이미 미쳐 죽어 버렸을 테니까.

'비록 그 정도까지는 아니겠지만.'

홍등가의 이들도 무시할 수 없는 외로움에 허덕이고 있을 것이다.

사람이 태어나 처음으로 맞이하는 사회가 바로 가족이다.

세상에서 가장 작은 단위의 사회이자, 혈육이란 이유로 어느 누구보다 끈끈한 유대감으로 엮인 곳.

힘들고 곤란한 상황에 처하면 가장 먼저 가족을 떠올리는 것도 그런 연유에서였다.

인생을 살아감에 있어 최후의 보루라 해도 과언이 아닐 테니까 말이다.

물론 모든 이들이 그렇진 않을 것이다.

가족에게 버림받아 홍등가에 오게 된 사람들처럼 말이다.

그리고 이들에겐 한 가지 공통점이 있다.

'또다시 버림받을지 모른다는 두려움.'

이는 그 누구도 믿고 의지하지 못하게 만든다.

그로 인해 수많은 이들과 함께하면서도 채워지지 않는 결핍을 안고 살아갈 수밖에 없었을 것이다.

'이주원은 이 약점을 파고들었다.'

홍등가를 찾는 이들에게 있어 기생은 욕정을 채울 도구와 다를 바 없었다.

기존 권력자들에겐 돈을 벌어 주는 수단에 지나지 않았고 말이다.

그러니 같은 아픔을 가졌다 생각했던 이들도 결국 경쟁자로 인식될 수밖에 없었다.

결국 관계를 맺을수록 더욱 외로워지는 모순이 발생했음은 당연한 일이었다.

이주원은 그 모순된 상황을 철저하게 공략한 것이다.

'그에겐 쉬운 일이었겠지.'

그저 평범한 인간으로 대해 주는 것.

물론 처음엔 경계하고 거리를 둘 것이다.

하지만 같은 상황이 반복되다 보면 벽은 허물어지고 어느새 이주원은 마음속에 들어와 있었을 테지.

그렇게 이주원은 기생들에게 비빌 언덕이 되어 줬을 것이다.

가족에게 버림받은 이후 처음으로 느꼈을 따뜻함과 포근함.

이주원이란 존재는 그들에게 새로 찾은 안식처나 다름없

었을 것이다.

그렇기에 나는 기생들이 가장 듣고 싶지 않을 말을 꺼내 들었다.

그것은 바로……

"이주원은 너희를 버렸다."

누구도 달갑지 않고, 다시는 듣고 싶지 않을 말이었다.

예상대로 방주들은 모두 충격받은 얼굴로 침묵했다. 대표격인 이매 역시 아무런 말도 하지 못한다.

그때 비교적 어린 방주가 입을 열었다.

"저, 적의 말을 믿어서 어쩌자는 겁니까! 이매 언니 말대로 거짓말입니다. 오라버니와 우리 사이를 이간질하기 위한 거짓말이라고요!"

그러자 중년 여성이 다가와 어린 방주를 거들었다.

"맞네. 이매 방주. 우리는 이주원 방주가 그 지옥 같은 홍등가를 어떻게 바꾸는지 직접 보지 않았나?"

나이 든 기생들의 말에 과거의 홍등가를 경험하지 못했을 어린 기생들도 고개를 끄덕였다.

그것만으로도 홍등가가 얼마나 끈끈하게 이어져 있는지를 엿볼 수 있었다.

'이주원, 홍등가는 정확히 네가 원하는 모습이 되었구나.'

버려진 자들은 서로를 가족으로 여기며, 결코 버리지 않는다.

인정할 수밖에 없다.

이주원은 홍등가를 정말로 긍정적으로 변화시켰다.

'진심으로 이들을 위해 살았다면 좋았을 것을.'

그랬다면 모두가 행복하지 않았을까?

그렇기에 더욱더 이주원이 어떤 자인지를 이들에게 알려 주어야만 했다.

헛된 망상에 사로잡혀 인생을 낭비하지 않도록.

본인의 의지로 삶의 의미를 만들며 살아갈 수 있도록.

이는 온전히 기생들 스스로의 결정으로 이루어져야 한다.

내 의지대로 행할 것을 강요한다면 이주원이 한 것과 다를 바 없을 테니 말이다.

그러니 이쯤에서 도움을 받아야겠지.

"그렇게 내 말이 믿기 힘들다면 조금은 더 믿을 수 있는 사람에게 물어보는 건 어떤가?"

"그 누가 말하든 우리의 믿음은 변하지 않을 겁니다."

"그런가?"

변할지, 변하지 않을지는 이야기를 들어 봐야 알 수 있을 것이다.

"전가은 씨."

나의 부름에 숨어 있던 전가은이 나타났다.

이주원의 최측근. 그녀의 등장에 이매가 크게 당황해하며 물었다.

"전가은? 네가 도대체 왜 여기에⋯⋯."

"······."

전가은은 대답하지 않았다.

그녀로서도 긴장될 수밖에 없을 것이다.

지금부터 그녀가 할 행동은 이주원을 배신하는 행위나 마찬가지였으니까.

나는 전가은의 어깨에 손을 올리며 용기를 북돋아 주었다.

"잘 생각해 보세요. 기생들을 살릴 방도가 무엇인지를."

"······네."

이윽고 전가은은 작게 심호흡한 뒤 입을 열었다.

"이서하 선인의 말대로 이주원 방주님은 나찰과 함께 수도에서 빠져나갔습니다."

"닥쳐! 배신자의 말 따위······!"

몇몇 방주들이 전가은을 향해 저주를 퍼부었으나 이매가 손을 들어 올리며 저지시켰다.

"그만."

그리고는 표정을 굳히며 전가은에게 물었다.

"한 가지만 묻지."

"네, 말씀하십시오."

그러나 이매는 한참 동안 뜸을 들일 뿐 좀체 입을 열지 못했다.

입 안에 맴도는 질문을 꺼내는 게 망설여졌던 것이다.

그렇게 한동안 침묵이 유지되던 때.

"오라비는⋯⋯."

굳게 닫혀 있던 이매의 입술이 마침내 열려기 시작했다.

"⋯⋯우리가 다 죽을 걸 알고도 도망갔는가?"

전가은은 고개를 살짝 끄덕이는 것으로 대답을 대신했다.

직후 물음을 꺼내기 전과 달리 이매는 지극히도 담담하게
말했다.

"그래?"

예상외로 반응이 크지 않았다.

"그랬구나. 그랬어."

그리고는 허탈하게 웃었다.

"정말 우리가 다 죽을 걸 알면서도 떠날 줄이야⋯⋯."

이용당했다.

이제는 회피하고만 싶었던 현실을 인정해야 할 때가 되었다.

"그렇게 당하고도 또 인간에게 뭘 기대한 건지⋯⋯."

이윽고 충혈되어 있던 이매의 눈에서 눈물이 흘러나왔다.

서로가 서로를 지켜 주길 원했을 것이다.

기생들은 이주원을 위해, 이주원은 기생들을 위해.

서로가 희생하는 그런 아름다운 그림을 그렸을 것이다.

하지만 현실은 냉혹하다.

그렇게 한참 몸을 떨던 이매는 참았던 분노를 폭발시켰다.

"만족스러우시겠군요. 마침내 방주님의 민낯을 드러내셨
으니."

"……."

이매의 눈빛엔 독기만이 어려 있었다.

"그럼 이제 죽이시죠. 대역죄인을 감싼 공범으로 능지처참이라도 하시면 되겠습니다."

"굳이 죽을 필요가 있겠습니까?"

"살려 주시는 겁니까? 대역죄인을 감싸기 위해 모인 우리를?"

이매는 냉소적으로 웃음을 터트렸다.

"참으로 자비롭습니다. 그래서 살아남은 우리들은 뭘 하면 됩니까? 지금처럼 감정의 쓰레기통 역할을 하면 됩니까? 하긴, 곧 전쟁이 시작된다고 하니 위안부도 필요하겠군요. 가축처럼 더럽게 사육하다 쓸모없어지면 그때 도축하시면 되겠습니다."

빛이 있으면 어둠이 있는 것처럼, 홍등가가 감정의 쓰레기통 역할을 계속 수행해 줘야 지금처럼 왕국이 유지될 수 있다.

그것이 지금까지 홍등가가 유지된 이유였으니까.

그렇게 독설을 뿜어낸 이매는 해탈한 듯 미소를 지었다.

"선인님에게 최소한의 자비라도 있다면 그저 우리를 죽여 주시길 바랍니다."

이주원이 만들어 낸 사회도 결국은 허상에 지나지 않았다.

결국 그 끝에는 처절한 가축으로서의 삶만이 그녀들을 기다리고 있었으니 말이다.

그렇기에 또다시 희망도 없는 인생을 반복할 바에는 죽음을 택하는 게 낫다고 생각했을 것이다.

하지만 그것은 그녀의 착각이었다.

"그건 제가 답할 수 있는 게 아니군요."

이윽고 우렁찬 소리와 함께 왕궁의 문이 열렸다.

"국왕 전하 납시오!"

신유민 전하의 행차.

이매의 물음에 답할 수 있는 유일한 존재가 나오고 있었다.

"그에 대해선 국왕 전하께서 답해 주실 겁니다."

국왕 전하의 모습에 구경 나온 시민들을 비롯해 광장 내 기생들이 화들짝 놀라며 무릎을 꿇었으나 이매는 그러지 않았다.

그녀는 똑바로 선 채 굳은 얼굴로 국왕 전하를 빤히 바라볼 뿐이었다.

불경하다 욕해도 부족할 행동이었으나 언질이 있었던지 그녀를 제지하는 사람은 아무도 없었다.

이윽고 신유민이 코앞까지 걸어오자 이매가 입을 열었다.

"미천한 불가촉천민, 이매가 감히 존엄하신 국왕 전하를 뵙습니다."

도발하는 듯한 말투였으나 신유민은 따뜻한 미소로 응할 뿐이었다.

"반갑다. 홍등가의 총방주, 이매."

"총방주라니요. 전 그저 작은 기방의 주인일 뿐입니다."

"아니, 이주원이 그대에게 총방주를 넘기고 떠났으니 그대
가 이제 홍등가의 주인이지."

이주원이 스스로 출두하는 대가로 요구한 것이었다.

비록 자수 자체는 허위였으나 신유민은 그의 요구를 들어
준 것이다.

"그리고 홍등가의 새로운 주인에게 내 친히 할 말이 있네."

이매는 피식 웃었다.

"저를 처형하실 생각이십니까?"

괜찮은 생각이다.

누군가는 이번 사태의 책임을 져야 한다. 그렇다고 시위에
참여한 기생들을 전부 죽이면 홍등가 자체가 사라져 버린다.

그런 의미에서 총방주를 세우고, 그를 처벌하는 것은 매우
효율적인 해결 방법이라고 볼 수 있었다.

'결국 다 똑같은 놈들일 뿐이지.'

남을 위하는 척하지만, 이번 국왕도 별반 다르지 않은 것이다.

그 또한 자신의 이득을 위해 움직일 뿐이니 말이다.

그렇게 생각할 때.

신유민이 이매를 향해 허리를 숙였다.

"……!"

상상치도 못한 상황에 백성들은 물론 기생들, 그리고 신
유민을 따라 나왔던 모든 고관대작이 놀라 눈을 동그랗게
떴다.

이에 재신(宰臣)들이 목소리를 높였다.

"전하! 이게 무슨 말도 안 되는……!"

국가의 지존이 불가촉천민에게 허리를 숙였다.

이는 그 누구도 상상할 수도, 있어서도 안 될 일이었다.

그러나 신유민은 만류하는 재신들을 향해 소리를 질렀다.

"닥쳐라!"

그리고는 허리를 펴며 외쳤다.

"내 나라의 백성이 삶보다 죽음이 낫다고 말한다. 이는 누구의 잘못인가? 지옥보다도 더 나쁜 나라를 만든 내 핏줄의 잘못이 아닌가!"

그 모습에 악에 받쳐 독설을 내뿜던 이매 또한 이것이 꿈인지 현실인지 모르겠다는 듯 멍하니 바라볼 뿐이었다.

재신들의 입을 다물게 한 신유민은 다시금 허리를 숙였다.

"선조들을 대신해, 지금까지 홍등가에서 벌어진 모든 일들에 사죄를 표하마."

이후 신유민은 고개를 들어 올리며 이매와 시선을 마주했다.

"감히 용서를 구할 수도, 그래서도 안 되는 일이니 그런 부탁은 하지 않겠다. 대신 과오를 반복하지 않겠다는 것만은 약조하마. 그 시작으로……."

신유민은 무릎 꿇고 고개 숙인 좌중을 바라보며 담담하게 말했다.

"이 시간부로 기생을 포함한 모든 천민 계급을 폐지한다."

지금 이 순간부터.

개혁이 시작되었다.

신유민 전하의 말은 거대한 침묵을 만들어 내기에 충분했다.

'언젠가는 실행하실 거라 예상했지만……'

신분 제도의 순차적 폐지.

그 시작이 오늘일 줄은 나조차도 확신하지 못한 일이었다.

나로서도 충격으로 느껴질 발언인데 다른 이들은 오죽할까.

고관대작을 비롯해 기생, 그리고 광장을 둘러싼 백성들까지 모두가 아무런 말도 하지 못하고 신유민 전하를 바라볼 뿐이었다.

마치 폭풍이 들이닥치기 전 고요함이 찾아오듯.

그 정적을 깬 것은 바로 대신들이었다.

"전하! 통촉하여 주시옵소서!"

고관대작들이 동시에 고개를 숙이며 한목소리로 외쳤다.

"신분 제도는 왕국을 지탱하는 주춧돌이자 유사 이래 변함없이 이어져 온 체계입니다. 이를 바꾸신다면 필시 문제가 생길 수밖에 없고, 자칫 왕국 전체가 무너져 내릴지도 모르옵니다!"

왕국의 안녕을 위해 재고해 달라.

표면적인 명분은 그러했으나, 속으론 다른 이유를 품고 있음을 어찌 모를까.

사람이라면 누구나 이익을 좇으려는 본성을 갖고 있다.

타인을 위해 스스로를 희생하는 이들을 성인(聖人)이라 칭하는 것도 그 때문이다.

범인들도 그럴진대, 평소 남들이 우러러보기만 했던 이들에겐 체제의 변화가 달가울 리 없었다.

자기보다 잘나가는 것도 배가 아픈 마당에, 밑에 있던 놈이 치고 올라오는 걸 그 누가 용납할까?

'그 대상이 비루하고 천박하다며 업신여기던 천민이라면 더더욱 그렇겠지.'

절대로 자신들과 동등한 지위에 올라서는 걸 내버려 둘 리 없었다.

또한 대신들에게만 국한되지 않을 것이다.

'평민들 또한 반발하겠지.'

매춘, 도축, 쓰레기 처리, 오물 처리 등등.

평범한 사람들이 더럽다 여기며 꺼리는 일들을 업으로 삼아 온 이들이 천민이다.

그들의 부재는 곧 다른 이가 빈자리를 대체해야 한다는 뜻이나 다름없는 말.

그것이 자신의 역할이 될지도 모르니 평민들 또한 크게 반발하고 나설 것이다.

'냉혹한 말이지만 그것이 현실이지.'

지금까지의 그렇게 살아왔기에.

그것을 인생의 섭리라며 당연하게 여겨 왔을 테니까.

이 외에도 현실적인 문제는 수없이 많을 것이다.

그렇기에 기존의 국왕들은 알면서도 모른 체했던 것이다.

백성들의 지지를 얻기도 힘들뿐더러, 굳이 위험을 감내할 이유도 느끼지 못했을 테니까.

하지만 내가 아는 신유민, 지금의 국왕은 그들과 다른 사람이었다.

"고작 천민들이 사라진다고 왕국 전체가 무너진단 말인가?"

신유민 전하는 두 눈을 휘둥그레 뜨며 말을 이어 갔다.

"그것참 놀랄 일이군요. 천민들이 그렇게 대단한 일을 하고 있었을 줄이야. 그 말은 곧 이 나라를 이끄는 존재들이 저들이란 말이지 않습니까?"

그리곤 순간 날카로운 눈빛으로 돌변하며 고관대작들을 응시했다.

"달리 말하면 그토록 하찮다 말하던 천민들보다도 못한 존재가 대감들이란 말도 되겠군요. 그대들이 사라진다고 왕국이 무너질 리도 없다는 뜻이고."

"전하! 그런 뜻이 아니오라 이렇게 즉흥적으로 처리할 정도로 가벼운 일이……."

고관대작들이 어떻게든 대꾸하려 했으나, 신유민 전하는 그럴 기회를 주지 않았다.

"즉흥적으로 결정한 것이 아닙니다. 천민 신분을 폐지함으로써 어떤 문제가 발생할지는 나 또한 잘 알고 있습니다."

그는 어느 때보다도 단호하고 비장한 얼굴로 좌중을 바라보았다.

"하지만 그것이 두려워 착취당하는 것을 방조하는 게 옳은 일입니까? 잘못되었음을 알면서도 모른 체하는 게 진정 왕국을 위하는 길입니까?"

다른 이들의 의견을 묻는 것처럼 보이지만, 실상은 본인에게 던지는 물음이었다.

너는 어떻게 할 것이냐고.

선대들이 그러했듯 너 또한 같은 결정을 내릴 것이냐고.

나는 신유민 전하가 어떤 답을 꺼내 들 것인지 알고 있었다.

지금까지 봐 왔던 그라면, 처음 만났을 때와 달라진 점이 없다면.

전하가 내릴 선택은 하나뿐이었으니까 말이다.

"나는 그럴 생각이 없습니다. 아무리 힘들더라도 누군가는 끝내야 하는 일이라면, 그 짐은 내가 짊어지겠습니다."

국왕 전하가 그간 품어 왔던 뜻을 천명하는 순간.

극한의 만족감이 찾아오며 입가에 미소가 머금어졌다.

"설령 눈앞에 펼쳐진 길이 가시밭길일지라도."

부국강병을 위해서라면 기꺼이 왕좌에서 내려올 자.

진정한 의미의 왕이자 만백성의 아버지에 적합한 인물.

신유민 전하는 처음 봤던 그때와 한결같았다.

그 감정은 나만 느낀 것이 아니었나 보다.

곁에 서 있던 백성엽 대장군 또한 은은한 미소를 지으며 읊조렸다.

"대신들이 많이 당황스럽겠군. 전하께서 패왕(霸王)의 면모를 품고 계셨을 줄은 몰랐을 테니까."

"그만큼 연기를 잘하셨다는 말이겠죠."

나 또한 처음엔 신유민에 대해 탐탁지 않게 여겼다.

전신(戰神)이라 불리던 신유철 국왕이나 무사로서의 자질을 갖춘 신태민과 달리 병약하고 무(武)와는 거리가 멀었으니까.

또한 방 안에 틀어박혀 서책만 들여다보는 것이 일상이기에 국왕보단 학자에 가까운 인물.

세간이 평가한 신유민은 그저 그런 존재였다.

하지만 이는 기록을 남긴 사관의 크나큰 실책이었다.

신유민 전하는 누구보다 원대한 꿈을 품고 있으며, 이를 망설임 없이 실행할 각오까지 다진 분이었으니까.

이보다 더 무서운 점은 덕(德)만으로 세상을 바꿀 수 없다는 걸 누구보다 잘 아는 사람이라는 것.

그런 신유민에게 강력한 힘이 주어졌다.

대장군 백성엽 휘하의 정예 병력들.

신평과 계명, 해남 등 명문가들.

그리고 청신과 광명대를 지휘하는 왕국 최강의 무사 이서하까지.

이 모두가 그를 지지하며 뒤를 받쳐 주었으니 말이다.

더 이상 스스로를 가둬 둘 이유가 없었다.

자신의 이상을 이루기 위해 필요한 것들은 모두 마련되었으니까.

그렇기에 신유민 전하는 그간 담아 왔던 속내를 과감히 드러냈다.

"백성들은 들으라. 나는 천민 제도의 폐지를 시작으로 만백성이 동등한 세상을 만들려 한다. 타고난 핏줄이 아닌 능력으로 평가되고 인정받는 그런 세상을."

누군가는 불가능할 것이라 치부할지도 모르고, 만용을 부린다고 지탄할 수도 있을 것이다.

"언젠가 그대의 아들이, 그대의 손자가 문하시중, 대장군이 될 수도 있는 세상을 만들어 주겠다."

하지만 지금은 걱정하지 않는다.

"그러니 너희들은 나를 믿고 따라와 주기를 바란다."

신유민 전하는 고난과 역경을 딛고 그가 바라 왔던 이상향을 끝끝내 이뤄 낼 것이니까.

내가 그와 함께할 것이니까.

그렇게 신유민 전하의 일장연설이 끝난 직후.

나는 천천히 광장을 둘러보았다.

백성들은 흥분에 찬 눈으로 전하를 올려다보고 있었다.

대장군, 문하시중.

오직 양반, 명문가의 인물만이 독차지했던 자리를 꿈꿀 수 있다는 말.

모두가 평등한 세계.

그것은 모든 걱정거리를 사소하게 만들어 버릴 정도로 매혹적인 말이었다.

"신유민 전하 만세!"

몇몇 백성들을 시작으로 만세 물결이 시작되었다.

민심이 신유민 전하를 선택했다.

고관대작들이 할 수 있는 건 불편한 기색을 내비치는 것뿐이었다.

그렇게 한참 동안 지속되던 백성들의 환호성이 잦아들고 신유민 전하는 기생들에게로 시선을 돌렸다.

"이 정도면 앞으로 나를 믿고 이 땅에서 살아갈 수 있겠느냐?"

이매는 아랫입술을 깨물었다.

직접 마주했고 두 귀로 똑똑히 들었지만, 마음속 한구석에 의심이 남아 있는 건 당연한 일이었다.

지금까지 왕국의 모든 권력자들에게 향했던 증오가 한순간에 사라질 리는 없을 테니까.

하지만 이것 하나만큼은 인정할 수밖에 없을 것이다.

신유민 전하는 정말 이 세상을 바꾸려고 한다는 것을.

"……거짓은 아니겠지요?"

이매가 다시 한번 확답을 요구하자 신유민 전하는 모두 들으라는 듯 크게 말했다.

"국왕으로서 명한다. 지금부터 모든 천민의 지패(紙牌)를 무효화하고 평민으로 격상시킨다. 또한 새로운 노동 계약을 맺으며, 이는 왕실에서 만든 법칙에 따라 작성될 것이다."

"……."

왕의 명령은 천명(天命).

하늘의 뜻과도 같다.

이윽고 현실을 자각한 기생 하나가 나지막한 음성을 토해 냈다.

"그럼 이제 천민이 아닌 거야?"

그것이 기폭제가 되었던 것일까?

수많은 기생들이 눈물을 흘리며 울분을 쏟아 내기 시작했다.

공부할 기회가 주어졌고, 빚을 갚으면 새 삶을 살아갈 수 있다는 희망이 생겼다.

그러나 홍등가는 여전히 홍등가.

과거에 비해 나아졌을 뿐, 모두가 행복한 공간이 될 순 없었다.

홍등가에 팔려 오는 이들은 끊이지 않았고, 업신여김당하면서도 평민들의 비위를 맞춰 가야 하는 삶이 강제되었다.

야화로를 벗어나 잠화로에 들어간다고 해서 변하는 건 없었다.

접대 상대가 달라졌을 뿐, 제 의사와 상관없이 웃음과 몸을 파는 일은 동일했으니까.

고통은 여전했고, 의미 없는 나날은 계속되었을 것이다.

인고의 시간 끝에 마침내 자유를 되찾아도, 그녀들에게 희망찬 미래 따위 존재하지 않았다.

비천한 기생이자 사람 취급조차 받지 못하는 천민.

한번 찍힌 낙인은 죽을 때까지 지울 수 없었을 테니 말이다.

광장에 가득한 기생들의 울음소리는 야속했던 운명을 향한 작별 인사였다.

반면 유일하게 눈물을 흘리지 않는 이가 있었다.

"이렇게……."

홍등가의 총방주가 된 이매였다.

그녀는 초점 잃은 눈동자로 기생들을 바라보고 있었다.

'허탈하겠지.'

이주원이 나찰과 손을 잡아 무력을 동원하면서까지 뒤엎었던 홍등가였다.

그럼에도 신분의 한계는 여전했고, 천민이란 멍에를 떨쳐 내지 못했다.

그런데 고작 말 한마디.

고작 국왕 전하의 말 한마디에 천지가 개벽된 것이었다.

"이렇게 쉬운 것이었나?"

뜻이 있고, 힘이 있는 자에게는 이리도 간단한 일이라는 사실에 허망할 수밖에 없었다.

"하……."

이매가 그렇게 헛웃음을 터트릴 때 신유민 전하가 그녀에게 말했다.

"홍등가는 총방주에게 맡기지. 계속해서 기생 일을 하고 싶은 사람은 그리해도 좋다. 왕실에서 만든 표준 계약은 가까운 시일 내에 전달해 주도록 하지."

"……."

신유민 전하는 대답 없는 이매를 향해 미소를 지어 보인 뒤 볼일이 끝났다는 듯 즉시 몸을 돌렸다.

그리고 그 순간.

이매가 떨어지지 않는 입술을 열었다.

"……저, 전하!"

그리고는 무릎을 꿇으며 말했다.

"성은이 망극하옵니다. 전하."

그런 두 사람을 바라보며 난 넌지시 물음을 던졌다.

"어떻습니까? 나름 배신한 보람은 있지 않습니까?"

"……."

전가은은 차마 대답하지 못하겠는지 어떠한 대꾸도 없었다.

그러나 미세하게나마 고개를 끄덕였다.

그것만으로도 충분하다.

홍등가는 다시 한번 구원받을 수 있었으니까.

＊ ◈ ＊

　기생들이 다시 홍등가로 돌아간 뒤 나는 신유민 전하를 찾아뵈었다.

　편전에서는 이미 고관대작들과의 설전이 벌어진 상태였다.

　"당장 이 수도만 하더라도 범죄자를 제외한 공노비(公奴婢), 사노비(私奴婢)의 수가 수천에 달합니다. 만약 가주들이 왕국에서 내민 표준 계약에 반발하여 그 어떤 노비도 고용하지 않는다면 이들은 당장 실직자가 되어 길거리에 나앉게 될 것입니다."

　고관대작들은 노비들의 처우에 대해 걸고넘어지고 있었다.

　"그렇다면 강제로 고용하게끔 만들면 되겠군요."

　"전하! 어찌 천민들에게는 자유를 주고 양반들에게서는 자유를 빼앗는단 말입니까? 부디 통촉하여 주시옵소서!"

　"농으로 한 말입니다."

　신유민 전하는 조소와 함께 말했다.

　"하지만, 지금의 말엔 의문이 드는군요. 지금까지 수천 명이나 되는 노비를 거느리던 이들이 갑자기 천민이 아니라는 이유로 노비로 들이지 않는다? 그럼 애초에 그 많은 노비를 둘 이유가 없었다는 말이지 않습니까?"

　"그건, 양반으로서의 품위를 지키기 위해……."

　"품위라. 그럼 그 고귀한 품위를 계속 유지하면 되겠군요.

정당한 임금을 주고 고용해서 말입니다."

"허나, 여유가 없는 양반들 또한 있기 마련입니다!"

"공노비는 그런 걱정이 없겠지만, 사노비는 그럴 수도 있겠군요. 그런데 말입니다……."

순간 신유민이 여유를 논한 대신의 앞으로 책 한 권을 던졌다.

"수도에 사는 양반들의 수입과 재산을 기록한 것입니다."

"……."

"왜 그리 가만히 있습니까? 얼른 펼쳐서 여유가 없을 양반을 파악해 봐야 되지 않겠습니까?"

신유민의 재촉에도 대신은 그 뜻에 따를 수 없었다.

서책 안의 내용이 자신의 폐부를 찌를 비수임은 굳이 살펴보지 않아도 알 수 있었으니 말이다.

그렇게 이러지도 저러지도 못하고 서 있을 수밖에 없을 때.

대신에게 집중되었던 신유민의 시선이 모든 고관대작들에게 향했다.

"노비를 고용하는 건 자유입니다. 하지만 특별한 이유 없이 눈에 띄게 노비를 줄인 가문은 내 기억해 둘 것입니다. 지금까지 제 욕심을 채운 가문이라고."

"……전하, 지금 협박을 하시는 겁니까?"

"협박이라. 그렇게 들렸습니까?"

신유민이 눈을 휘둥그레 뜨며 반문하더니 이내 차분하게 따져 물었다.

"과연 누가 더 큰 잘못을 한 것입니까? 신하를 협박한 나입니까? 아니면……."

이내 그의 눈매가 날카롭게 빛났다.

"국왕을 능멸한 그대들입니까."

혼자서 아주 학살을 하시네.

정보와 명분, 그리고 권력까지 손에 쥐고 흔드는데 제아무리 고관대작인들 상대가 될 리가 있나.

그때 뒤에서 백성엽 대장군이 들어왔다.

"여기서 뭐 하나?"

"전하의 학살극을 감상하고 있었습니다."

"하하하, 입으로는 십만 대군도 무섭지 않은 분이시지."

백성엽은 만족스럽다는 표정으로 편전을 향해 걸음을 내디뎠다.

"구경은 그쯤하고 이만 우리도 들어가지."

그렇게 나와 대장군이 편전에 들어서자, 신유민 전하가 환한 미소를 머금으며 맞이했다.

"어서들 오시오. 안 그래도 기다리던 참이었습니다."

그리곤 손을 저으며 대신들을 물렸다.

"내 두 사람과 긴히 나눌 얘기가 있으니, 그대들은 이만 물러가 주시길 바랍니다."

"아직 논해야 할 이야기가……."

"그에 대해선 내일 다시 이야기하도록 하죠."

"전하! 이보다 시급히 처리해야 할 일이 어디 있습니까? 전하의 발언으로 인한 문제들이 한두 가지가 아닙니다!"

대신들은 절대 물러서지 않겠다는 의지를 내비쳤다.

나는 그런 이들을 안타깝다는 듯 바라보았다.

어찌 저리도 어리석을까.

"뭣들 하는가."

지금 이 자리에 꼬장꼬장함의 대명사인 백성엽이 있음을 왜 망각하는 것일까.

"국왕 전하의 명을 거역하는 것인가?"

그러면서 칼자루에 손을 얹고는 강한 기세를 여실히 드러냈다.

인정하는 순간 단칼에 베어 버리겠다는 의사의 발현이었다.

"······끄응."

대신들은 그제야 마지못해 밖으로 나갔다.

백성엽을 상대로 기 싸움을 하는 건 죽음을 자처하는 것이나 매한가지였으니 말이다.

그렇게 편전에 나와 대장군만이 남게 되자 신유민 전하가 혀를 차며 말했다.

"늙은이들이 문제점도 제대로 지적을 못 해서야. 이서하 찬성사, 그대는 내 개혁안의 문제점을 지적할 수 있겠지?"

"물론입니다."

"호오, 역시. 그대가 어떤 얘기를 꺼낼지 무척이나 궁금하구나. 얼른 말해 보아라."

나는 고개를 끄덕였다.

천민 해방.

좋은 일임엔 분명했지만, 그로 인해 파생될 문제점은 셀 수도 없이 많았다.

"일단 첫 번째로 천민들의 신분을 평민으로 올린다 한들 그건 말장난에 그칠 가능성이 높습니다."

"왜지?"

"그들의 신분이 변했다곤 하나, 직업까지 바뀐 건 아니니까요."

아무리 법이 그러하고, 스스로가 평민이라고 말한들 직업에 귀천을 두는 시선까지 변한 건 아니었다.

기생, 백정, 노비.

이처럼 한번 천민의 것으로 낙인찍힌 직업들은 몇 세대가 지나지 않는 한 여전히 동일한 취급을 받을 것이었다.

"이 부분에 있어서는 국왕 전하께서 어찌하실 수 없을 것입니다."

"그렇겠지."

"그리고, 평등한 사회는 곧 무한한 경쟁을 의미합니다. 같은 천민임에도 그 안에서조차 고하를 나누는 게 인간인데, 신분을 가로막던 장벽을 허물면 어떻게 되겠습니까?"

각자 정해진 지위와 신분에 따라 이루어지던 견제가 대상을 구분하지 않고 모두에게 적용될 것이다.

자리를 위협하는 존재가 한순간에 늘어나 버렸으니 말이다.

"전하께서 바라시지 않았겠지만, 도리어 왕국의 분열을 낳게 될지도 모를 일입니다."

신분이 존재하던 것보다 못한 상황이 될 수 있다는 말이었다.

억지일지 모르나 의미를 조금만 확장해 보면 이후의 상황은 나름 예상할 수 있다.

치고받고 싸우던 동부 왕국과 통합하여 '이제부터 우린 한 가족입니다.'라고 했을 때, 이에 곧바로 동의할 이들이 얼마나 될까?

저들에 손에 아버지를 잃은 신유민 전하 또한 쉽게 인정할 리 없을 것이다.

'그런데 작은 국가라 해도 과언이 아닌 국경을 없애 버리며 강제로 문을 열어 버렸으니.'

솔직히, 이에 대한 해법은 나로서도 알지 못한다.

회귀자인 나라 해도 어떤 방향에서 변수가 튀어나올지 알 수 없는 문제였으니 말이다.

"지금까지는 가장 기본적인 문제를 말씀드렸습니다."

사람이 기존 질서가 무너질 때 보일 반응을 언급했다면, 이제는 현실적인 문제를 직시해야 할 차례였다.

새로운 세상을 열려면 그에 따른 비용과 법 제정 등 고려해야 할 문제가 산더미였다.

"당장 어느 정도를 표준으로 삼을 것인지부터 논해야 됩니다."

일반적이며 보편적으로 해당하는 것이 표준이다.

그렇기에 표준을 정할 때 범위의 산정은 그 의미가 남달랐다.

한번 삼은 표준은 쉽게 바꿀 수 없고, 이미 변경하고자 마음먹었을 땐 수많은 병폐를 낳고 난 이후일 테니까.

"왕국 재정에 대해서도 논의가 이루어져야 합니다. 토목 공사에 평민을 동원하게 될 테니 필요 예산을 다시 책정해야 할 테고, 왕국 인구의 3할에 달하는 천민들의 호적을 정리해야 하니 그에 따른 작업도 병행하려면 어마어마한 인력이 필요할 것입니다. 게다가……."

"또 있더냐?"

"아주 많죠. 밤을 새울 수도 있습니다."

"하아, 그 정도면 됐다. 아주 곤란한 질문을 던지는구나……."

신유민 전하가 이마를 짚고 한숨을 내쉬며 난처한 기색을 내비쳤다.

저분도 이미 알고 계셨기 때문이다. 나한테 물어본 것도 그저 현실을 다시 한번 직시하기 위함이겠지.

그렇게 얘기가 중단된 참에 지금까지 참아 왔던 한 가지 물음을 꺼내 들었다.

"……당연히 해결 방법은 있으시겠죠?"

그러니 고관대작들과 백성들을 앞에 두고 당당하게 외치

신 것 아니겠나.

그렇게 기대감을 품고 전하를 바라봤을 때.

나는 불길한 예감을 느낄 수밖에 없었다.

"에이, 설마……."

나를 내려다보는 전하의 눈빛은 평소처럼 차분했지만, 그 안에서 불안함이 느껴지는 것 왜일까?

꺼림칙한 예감을 애써 모른 체하려는 그때.

신유민 전하는 아주 담담하게 대답했다.

"지금부터 생각해야지."

"……네?"

이 무슨 자다가 봉창 두드리는 소리냐?

내가 지금 무슨 말을 들은 거지?

"전하? 농이시죠?"

"진심이다. 현재로서는 마땅한 대책이 없구나."

신유민 전하가 안타깝다는 듯 고개를 가로저었다.

"수많은 책을 찾아봤지만, 그 어디서도 해법을 살펴볼 수 없더구나. 당연하겠지. 기존의 위정자들이 계급 사회를 허물고 동등한 신분으로 대한다는 것 자체가 불가능한 일이니."

오히려 왕국을 위해서라면 모든 것을 내려놓겠다는 전하가 독특한 것이겠지.

그렇게 의미를 해석하고 있을 무렵.

뒤이어진 전하의 발언은 또다시 나를 당황하게 만들었다.

"이는 내가 선구자나 마찬가지라는 말이겠구나. 그렇다면 그들의 전례를 따라야지. 선구자라면 닥치는 문제들을 그때 그때 해결해 나가는 법."

"……."

방금 전까지 논리만으로 대신들을 사정없이 두들겨 패던 사람이 할 말인가?

그러나 백성엽의 반응은 달랐다.

"하하하! 용감하십니다, 전하!"

대장군은 전하의 대답이 마음에 들었나 보다.

"어찌 되었든 능력으로 평가받는 사회는 저 또한 바라 마지않던 일이었습니다. 이 궁궐에 쓰레기들이 너무나도 많아 한탄스러울 지경이었는데, 그마저도 치워 버릴 수 있겠군요. 하하하!"

대장군님? 지금 웃을 일이 아니라니까요?

그리고 지금까지 대체 뭘 들으신 겁니까?

'이거, 아무래도 큰일 난 거 같은데.'

……이 두 사람과 세상을 바꾸는 과정이 꽤 고단할 것이란 생각은 과연 혼자만의 착각일까?

답답함에 한숨이 흘러나왔지만, 이내 생각을 고쳐먹었다.

이왕 벌어진 일이고 해야 되는 일이다.

그렇다면 마음을 다잡고 정면으로 맞부딪쳐야겠지.

그리고…….

'아직 더 중요한 이야기가 남아 있으니까.'

지금의 걱정은 한 가지 상황이 마무리된 뒤에 고민해도 늦지 않았다.

바로 나찰.

그들과의 전쟁에서 승리하는 것에만 집중해도 부족했다.

"그럼 개혁에 대해선 다음에 다시……."

그렇게 본론으로 화제를 전환하려는 때.

쾅!

편전 밖에서 거대한 굉음이 들려왔다.

"……?"

나와 백성엽 대장군의 시선이 빠르게 밖으로 향했다.

이윽고 또다시 굉음이 들려왔다.

쾅! 쾅! 쾅!

무언가 터지는 소리.

"이건……."

육감을 사용할 것도 없다.

나는 곧바로 편전 밖으로 달려 나갔다.

밝은 태양빛에 시야가 흐려졌다가 밝아진다.

이윽고 사방에서 비명 소리가 들려왔다.

"으아아아아악!"

"빨리빨리 움직여!"

비명을 지르는 사람들과 어디론가 급하게 달려가는 무사들.

그런 사람들을 보던 나에게 그림자가 드리워졌다.

고개를 들어 바라본 곳에는…….

"……마물?"

거대한 용이 공중에 똬리를 튼 채 나를 내려다보고 있었다.

Chapter 124.

유아린은 잠화로의 입구가 훤히 내려다보이는 한 기루의
최상층에서 머물고 있었다.

단순히 야화로에 위치했을 뿐, 하루 사용료가 수십 냥에 달
하는 고급 기루였다.

그럼에도 아린은 걱정이 없었다.

이 기루에서 나름 알아주는 기생이 그녀에게 반해 대신 비
용을 지불해 주었던 것이다.

그것도 본인 스스로의 의지로.

이에 대한 대가로 요구한 것은 오히려 터무니없게 느껴질
조건이었다.

단지 하루 한 번 같이 차를 마셔 달라는 것뿐이었으니까.

하지만 아린으로선 거부할 이유가 없는 제안이었다.

남는 시간에는 온종일 서하의 기운을 느끼며 여유롭게 생활할 수 있었으니 말이다.

그러던 어느 날.

아린을 연모하던 기생이 조용히 방으로 들어왔다.

"무사님."

아린이 고개를 돌리자 기생은 숨이 턱 막혀 오는지 그대로 굳었다.

좋은 의미로 매일 보아도 익숙해지지 않는 미모였다.

"무슨 일입니까?"

아린의 말에 간신히 정신을 차린 기생은 차분히 본론을 꺼내 들었다.

"빠른 시일 내에 홍등가를 빠져나가십시오."

"그게 무슨 말입니까? 홍등가에 무슨 일이 벌어진 것입니까?"

"자세한 것은 말씀드릴 수 없습니다. 더 이상 이곳에 계시면 위험하니 가능한 빨리 홍등가를 벗어나십시오. 이것이 제가 무사님께 드릴 수 있는 유일한 말입니다."

꼭 그렇게 해 달라는 의지를 담아 말하던 기생이 갑자기 큰절을 올렸다.

그리곤 아린을 아련한 눈빛으로 바라보며 말을 이었다.

"다음에 꼭 다시 뵐 수 있기를 바라겠습니다."

기생은 그 말을 끝으로 등을 돌려 사라졌다.

그리곤 큰절을 올린 뒤 등을 돌려 멀어져 갔다.

아린은 창밖 너머 거리로 시선을 돌렸다.

조금 전 찾아왔던 기생 외에도 다른 이들 역시 기방 밖으로 나와 어디론가 걸음을 옮기고 있었다.

평소 홍등가의 모습과는 확연히 다른 광경.

이것이 의미하는 바는 명확했다.

'이제부터 시작이다.'

정이준을 통해 계속해서 정보를 받아 왔기에 지금까지의 상황은 어느 정도 알고 있는 아린이었다.

정확한 계획까지는 알 수 없었지만, 그건 더 이상 문제가 되지 않았다.

지금의 홍등가는 사람의 그림자조차 찾아볼 수 없을 만큼 고요한 공간.

누구도 그녀를 방해하지 못한다는 말이나 다름없었다.

"번거로운 짓을 계속할 필요도 없겠네."

아린은 사내로 위장했던 분장을 말끔히 지운 뒤 천천히 거리로 나섰다.

그리곤 지키는 이 하나 없는 관문을 지나 당당히 잠화로 내부로 들어섰다.

그렇게 어느 정도 중심부에 이르렀다 생각했을 때.

아린은 두 눈을 지그시 감으며 육감을 발동했다.

오랜 시간이 걸리지 않아 아린은 서하의 위치를 포착할 수 있었다.

육감의 경지가 서하에 비해 조금이나마 높기도 했지만, 이미 그의 기운은 뇌에 각인되다시피 한 상태였으니 말이다.

그와 동시에 아린은 서하가 어디를 향하고 있는지 또한 눈치챌 수 있었다.

모두가 떠나며 텅 비어 버린 홍등가.

그 안에 두 사람이 여전히 자리를 지키고 있었기 때문이다.

그리고 둘 중 한 사람의 기운은 무척이나 익숙했다.

'아마도 후암의 단원.'

그렇다면, 처음 느껴 보는 기운을 가진 존재가 바로 서하의 목표.

그가 이주원이라는 뜻이었다.

아린은 그 사실을 알아챘음에도 서하에게 합류할 수 없었다.

'내가 홍등가에 있다는 걸 서하가 알아선 안 돼.'

아린에게 있어 가장 두려운 건 서하가 실망하는 모습.

명을 어기고 따라온 것에 언짢아할지도 모른다는 사실이 그녀를 망설이게 만든 것이다.

그러니 무슨 일이 있어도 서하에게 자신을 드러내선 안 됐다.

'생각해라. 무엇이 서하를 위한 일인지.'

그렇기에 자신의 역할이 무엇인지 고민했다.

아린이 아는 서하는 이주원의 생포에 실패할 사람이 아니
었다.

하지만…….

'또 다른 기운이 셋.'

아린의 육감에 추가로 감지된 정체불명의 인원들.

느껴지는 기운만으로 그들의 정체가 나찰임은 금세 인지
할 수 있었다.

서하의 계획을 방해하는 변수가 될 것이라는 뜻이기도 했다.

이로 인해 서하가 이주원을 놓칠 가능성이 생겼으니, 아린
이 해야 할 일은 명확해졌다.

'내가 나찰이라면…….'

홍등가에서 빠져나와 추격을 따돌려야 한다면, 그들이 향
할 곳은 한 군데밖에 없었다.

'아마도 북대우림으로 가겠지.'

나찰들에게 있어 안전한 장소는 그곳뿐이었으니까.

그렇게 결정을 내린 아린은 곧장 북대우림으로 향했고, 입
구 앞에 자리 잡고는 긴장을 풀지 않은 채 수도 방향을 응시
했다.

그로부터 어느 정도 시간이 흘렀을 때.

육감에 기운이 포착되는 것과 동시에 누군가가 빠르게 접
근해 왔기 때문이다.

그리고 얼마 지나지 않아 기운의 주인을 마주하게 되었다.

"……."

이미 육감으로 알고 있었지만, 직접 두 눈으로 확인하니 짜증이 치밀었다.

이마에 수많은 뿔이 나 있는 나찰.

서하에게 수차례 들었기에 굳이 묻지 않아도 놈의 정체는 파악할 수 있었다.

게다가 놈이 옆구리에 인간을 끼고 있다는 것.

이는 나찰이 이주원을 빼돌리는 데 성공했다는 뜻이었다.

서하의 계획이 실패했다는 말이기도 했다.

"쯧."

아린이 고운 미간을 찌푸렸다.

혹시나 했던 우려가 현실이 되었으니까.

그리고 지금의 상황이 불편한 건 아린을 마주한 백야차 역시 마찬가지였다.

기껏 이서하에게서 벗어났는데 상상도 못 한 인물이 앞을 막아서고 있었으니 말이다.

"같은 나찰끼리 꼭 이렇게까지 해야겠나?"

"같은 나찰?"

아린은 냉소를 머금으며 대꾸했다.

"날 그런 하등한 종족과 엮지 마."

나찰의 말버릇을 그대로 돌려준 직후.

아린의 몸에서 기운을 뿜어져 나왔다.

한순간에 공기마저 얼어붙기 시작할 만큼 극한의 한기.

아린의 눈빛에 강렬한 살의가 깃든 것도 동시였다.

"벌레보다 못한 놈이 감히 내 서하를 가지고 놀아?"

자신의 모든 것이라 해도 부족한 서하에게 낭패감을 안긴 존재.

아린이 이를 절대로 용납할 리 없었다.

"둘 다 찢어 죽여 줄게."

그런 아린의 광기를 마주하며 백야차는 속으로 혀를 찼다.

'적어도 이서하와 동급.'

피부를 저릿하게 만드는 기운만으로도 그녀의 강함은 충분히 짐작할 수 있었다.

그리고 눈앞의 여인은 과거 여왕이라 불렸던 나찰의 핏줄.

어쩌면 이서하를 상대하는 것보다 더욱 까다로울지도 몰랐다.

'쉽게 넘어가지 못하겠군.'

이서하를 상대로 전투 없이 빠져나올 수 있었던 것은 유비타와 아카의 도움 덕분이었다.

하지만 지금은 그들의 도움을 기대할 수 없다.

여기서 등을 돌리고 도망칠까?

잠시 그런 생각이 들었으나 백야차는 이내 털어 버렸다.

굳이 상대에게 뒤를 잡힐 상황을 자처할 이유도 없었고, 이주원이란 존재를 지켜야 한다는 불리함이 사라지는 것도 아니었기 때문이다.

그렇다면…….

"여기서부턴 혼자 갈 수 있겠지?"

짐 덩어리를 덜어 내는 것.

자신이 시간을 끄는 사이 이주원을 대피시키는 것이 지금
으로선 최선이었다.

그러나 이주원의 생각은 달랐다.

"그게 가능할 거라고 생각하시는 겁니까?"

그는 이 상황에서도 장난스럽게 말했다.

"뒤에서 응원이라도 하고 있겠습니다."

"개소리하지 말고 도망쳐라. 네가 살 수 있는 길은 그것뿐
이니까."

백야차는 무슨 일이 있어도, 설령 자신을 희생하더라도 이
주원을 살려야 했다.

여동생 이스미가 어디 있는지는 오직 그만이 알고 있으니까.

그렇게 마음을 굳힌 백야차가 손날을 세워 이마에 난 뿔 일
부를 내려쳤다.

"받아라."

그리곤 본체에서 떨어져 나온 조각을 이주원에게 던졌다.

"작은 크기지만 나찰의 음기가 담긴 뼈이니, 그걸 들고 있
으면 웬만한 마수는 접근조차 못할 거다."

이주원은 손바닥 위의 뿔 조각을 내려다봤다.

나찰에게 있어 뿔은 자존심 그 자체.

비록 일부에 지나지 않았지만, 스스로 뿔을 잘라 냈다는 것에서 백야차의 마음가짐을 살필 수 있었다.

그는 나찰로서의 자존심보다 자신의 목숨을 더욱 값지게 여기고 있다는 말이었다.

"그렇게까지 말씀하신다면야, 최대한 방해 안 되게 사라져 드리겠습니다."

"알았으면 당장 꺼져."

그렇게 이주원이 북대우림을 향해 달리기 시작할 때.

백야차 또한 행동에 나섰다.

그 누구도 거스를 수 없는 힘.

중심력(中心力).

백야차는 입구를 가로막고 있던 아린을 끌어당기며 주먹을 내질렀다.

그리고 그 순간.

퍽! 하는 소리와 함께 백야차의 동공이 확장되었다.

"······!"

아린이 자신의 주먹을 이마로 받은 것이었다.

이 정도라면 머리가 터져 버렸어야 정상이지만 아린은 아무렇지 않은 듯 백야차의 가슴을 발로 찼다.

백야차가 뒤로 밀려나자 아린이 혀를 차며 말했다.

"귀찮게 하지 마라."

"그럴 수는 없겠는데."

아직은 아린을 보내 줄 수 없었다.

"난 무슨 일이 있어도 이주원을 지켜야 해서 말이야."

다시 동생을 만나기 위해서.

저 개 같은 기생오라비 놈을 지켜야만 했다.

과거, 인간들의 추격을 따돌리며 가까스로 살아남은 백야
차는 이곳저곳을 떠돌아다녔다.

한곳에 정착해 살았기에 정처 없이 떠도는 게 결코 편안할
리 없었지만, 그럴 때마다 지옥 같은 그날을 떠올리며 마음을
다잡았다.

'홍등가. 홍등가. 홍등가!'

아버지를 죽였고, 자신이 꼴사납게 등을 보이게 만들었던
무사는 분명 홍등가 놈들이라 말했었다.

이는 곧 그날 찾아와 끔찍한 만행을 저질렀던 이들은 홍등
가 소속이라는 뜻.

그리고 무사들에게 지시를 내렸던 붉은 예복의 남자는 그
안에서도 높은 위치에 있는 인물이라는 의미였다.

그렇다면 자신이 세울 목표는 명확했다.

홍등가에 들어가 동생 이스미를 구출해 내는 것.

이를 위해서는 힘을 가져야 했다.

누구도 범접할 수 없는 강대한 힘을 말이다.

백야차는 다시 한번 나찰은 인간보다 강하다던 아버지의 말을 믿으며 몇 년에 걸쳐 힘을 길렀다.

그렇게 역경을 딛고 강한 힘을 손에 쥐었지만, 백야차는 또 다시 벽을 마주할 수밖에 없었다.

나찰의 몸으로 홍등가를 조사하는 데는 한계가 있었기 때문이다.

그때 찾아온 것이 선생 정해우였다.

"동생분을 찾고 계시다고 들었습니다. 백야차 씨."

"……너 뭐야?"

난생처음 보는 자가 자신의 이름과 목적을 알고 있다.

의심을 품는 것은 당연한 수순이었다.

그러나 선생은 표정 변화 없이 말을 이어 갔다.

"제가 도와 드리겠습니다."

"너 따위가?"

힘이라도 쓸 수 있을지 의문을 갖게 만들 정도로 보잘것없는 모습이었다.

그런 이가 자신을 돕겠다고 나서니 어이가 없을 수밖에.

이를 눈치챘는지 선생은 슬며시 미소를 머금어 보였다.

"보이는 게 다가 아닙니다."

서생 같은 외형에서 흘러나오는 기세는 단순한 허세가 아니었다.

확연한 무게감이 느껴졌고, 믿는 구석이 있기에 보일 수 있는 자신감이었다.

"……그런데 네 말이 거짓이 아니라는 걸 어떻게 믿지?"

"그런 걱정은 하지 않으셔도 됩니다."

선생은 여전히 미소를 유지하며 당당하게 말했다.

"당신은 언제든 절 죽일 수 있지 않습니까?"

그의 말대로였다.

약속을 지키지 않는다 생각될 경우, 처리해 버리면 되는 일이었다.

"그에 따른 조건은?"

"백야차 씨의 힘을 빌려주시는 겁니다."

"……좋아."

백야차는 오랜 고민 없이 선생의 제안을 받아들였다.

동생만 찾을 수 있다면 인간이 아니라 그 어떤 존재와도 거래할 수 있었으니까.

그렇게 은월단에 합류해 선생의 명령을 따라 움직이며 수많은 임무를 수행했고, 은월단은 어느 정도 자리를 잡게 되었다.

그러던 어느 날.

선생은 백야차를 불러 한 인간을 소개시켜 주었다.

"인사들 나누시죠. 이분은 이주원 씨입니다."

그것이 백야차와 이주원의 첫 만남이었다.

선생은 곧바로 백야차가 맡게 된 임무에 대해 설명했다.

"이 사람을 홍등가의 총방주로 만들 생각입니다."

이는 홍등가에서 동생을 찾아야 하는 백야차 입장에서도 중요한 임무였다.

백야차는 적극적으로 임무에 참여하며 홍등가의 기존 방주들을 제거했고 이주원을 불야성의 왕으로 만드는 데 혁혁한 공을 세웠다.

그 이후, 백야차는 홍등가를 손아귀에 넣은 이주원에게 물었다.

"이제 총방주가 되었으니 내 동생을 찾도록 해라."

"물론이죠. 홍등가에 소속된 나찰은 적으니 금방 찾을 수 있을 겁니다."

이주원은 협조적이었고, 덕분에 금방 동생을 찾을 것이라 생각했다.

그러나 이주원의 확신과 달리, 그가 데려온 나찰들 중 동생은 없었다.

"……이게 어떻게 된 일이지?"

백야차가 살기를 내뿜으며 말하자 이주원은 안타깝다는 듯 답했다.

"이 안에 없습니까? 그렇다면 낭패로군요. 이미 누군가에게 팔린 것 같습니다."

"팔린 것 같다? 어째서 총방주가 확신을 못 하는 거지?"

"지금 막 총방주가 되었으니 당연하죠."

"지금 나랑 말장난하자는……."

"오해하지 마세요. 당황스러운 건 저 또한 마찬가지니까요."

백야차의 분노를 막아 세운 이주원은 잠시 고민하더니 금세 다른 수를 꺼내 들었다.

"다행스럽게도 홍등가는 기생의 구매와 판매에 대한 모든 내용을 기록해 놓습니다. 이를 살펴보면 동생분을 금방 찾을 수 있을 겁니다."

그렇게 기록을 찾아본 이주원은 동생의 위치를 알려 주었다.

그러나 이주원이 알려 준 장소를 찾아가도 동생은 보이지 않았다.

항상 어디론가 팔려 갔거나, 누군가가 빼돌렸다거나, 아니면 동생이 스스로 도망쳤다는 말만 할 뿐.

그렇게 흔적을 쫓아가면 자취를 감추기를 반복했다.

반복되는 실패에 백야차는 분노했으나 그렇다고 이주원을 어떻게 할 수는 없었다.

동생과의 연결 고리는 그가 유일했으니까.

그러던 중 며칠 전.

이주원이 백야차를 불러 말했다.

"동생을 찾았습니다. 백야차 님."

"……!"

날아갈 듯이 기뻤다. 꿈에서만 그리던 동생을 만날 수 있게 되었으니 말이다.

"그럼 지금 당장 만날 수 있는가?"

"물론이죠."

백야차는 흥분해 자리에서 일어났다.

"당장 안내해라."

하지만 이주원은 가만히 앉아 백야차를 올려다볼 뿐이었다.

"얘기는 끝까지 들으셔야죠. 물론 동생분과는 만나게 해
드리겠습니다. 하지만 그 전에 제 작은 부탁을 하나 들어주셔
야겠습니다."

"……!"

백야차는 흥분해 이주원의 멱살을 잡아 올렸다.

지금까지 수십 번을 속아 주었다.

언젠가는 동생을 만날 수 있을 거라는 희망이 있었으니까.

하지만 이렇게까지 장난을 친다면 더는 참을 수가 없었다.

"……네가 진짜 죽고 싶은 거냐?"

"살고 싶어서 이러는 거 아니겠습니까?"

이주원은 멱살을 잡힌 상태에서도 여유롭게 말했다.

"괜찮으시겠습니까? 지금 저를 죽이시면 동생분과는 영영
만나지 못하실 텐데."

"……."

백야차는 손을 부르르 떨다 이주원을 내려놓았다. 이주원
은 아무 일 없었다는 듯 옷매무새를 정리하며 말했다.

"언제가 될지는 모르지만 백성엽이 저를 죽이기 위해 움직
일 것입니다. 그때 저를 지켜 주신다면 그때는 정말로 동생분

을 만날 수 있게 해 드리겠습니다."

백야차는 살의를 담아 이주원을 노려보았다.

"정말인가?"

"물론입니다. 제 역할은 여기까지인 듯하니, 더는 당신과
함께할 이유가 없으니까요."

마지막까지 자신을 이용하려는 것이었다.

하나, 살벌한 시선에도 이주원은 빙긋 미소를 지었다.

"어쩌시겠습니까?"

백야차의 대답은 정해져 있었다.

그렇게 백야차는 기꺼이 이주원에게 이용당해 주었다.

그렇게 길고 길었던 방황이 끝나고 이제야 동생을 만날 수
있다.

그러니 앞을 막아서는 자는 누구든 전부 박살 낼 뿐이었다.

다시 북대우림 초입.

유아린을 앞에 둔 백야차는 표정을 굳혔다.

이서하가 그랬듯, 유아린의 경지 또한 전과는 확연하게 달
라져 있었다.

상대의 실력을 가늠한 백야차는 람다에게 받은 힘을 끌어
올렸다.

검은 기운이 백야차의 몸을 감싸고, 그에 맞선 아린의 몸 역시 붉은 기운을 뿜어냈다.

이윽고 두 사람은 서로를 향해 달려들었다.

아린의 붉은 기운과 백야차의 검은 기운이 서로 뒤섞이며 거대한 충격파가 뻗어 나갔다.

그 찰나의 순간.

두 사람은 서로 수십 합을 겨루었다.

아린의 손날이 백야차의 볼을 찢으면 백야차의 주먹이 아린의 턱을 돌렸다.

그렇게 한참 초식을 주고받던 두 사람은 서로 거리를 벌리며 짧은 탐색전을 끝냈다.

백야차는 입에 고인 피를 뱉어 내며 생각에 잠겼다.

'서로 전력을 다하지 않았다지만……'

용호상박(龍虎相搏).

두 사람의 실력은 백중지세였고 승리를 위해서는 피해를 감수해야 했다.

그것은 저쪽도 알고 있을 것이다.

절대로 쉽게 끝나지 않을 싸움이고, 온전한 승리로 마무리되지도 않을 것임을.

이에 근본적인 의문이 들었다.

'도대체 저 여자는……'

왜 이런 혈투를 벌이는 것일까?

목표였던 이주원은 이미 놓친 것이나 다름없었다.

백야차 역시 이주원을 지키는 것이 목적이었기에 유아린이 돌아선다면 그 뒤를 쫓을 이유가 없었다.

그런데…….

"너는 왜 싸움을 계속하는 거지?"

서로가 파멸을 맞게 될 의미 없는 싸움을 말이다.

아린은 그런 백야차의 질문에 미간을 찌푸렸다.

"그걸 몰라서 물어?"

무슨 대단한 이유라도 있는 것일까?

그렇게 생각할 때.

아린이 당당하게 말했다.

"네가 서하를 방해했잖아."

상상치도 못한 대답은 백야차는 입을 다물 수가 없었다.

"방해했다고?"

이서하를 다치게 한 것도, 죽인 것도 아니라 그저 방해했다고 싸우는가?

고작 그 이유로 그토록 분노했단 말인가.

백야차는 허탈하게 물었다.

"……고작 그것이 너의 동기인가?"

"고작?"

아린은 정색하며 말했다.

"그건 용서받을 수 없는 죄야."

그 말을 하는 아린의 표정이 너무나도 진지했기에 더욱 어이가 없었다.

"크크크……."

백야차는 허탈하게 웃으며 그녀를 노려보았다.

"미친년."

결국 누군가가 죽을 때까지 싸워야 하는 운명이었다.

"그럼 그 시답잖은 이유로 죽어라."

그렇게 두 사람이 서로를 향해 다시금 달려드는 순간.

"퀴요요요요!"

매 한 마리가 아린을 향해 덮쳐 왔다.

육감으로 이를 눈치챈 아린은 재빨리 반응했다.

아린은 음기를 내뿜어 매를 멈추려 했으나 마수는 반응하지 않았다.

"쯧."

어쩔 수 없이 손날로 매를 베어 넘기려는 순간, 그것은 늑대의 형상으로 바뀌며 아린의 왼팔을 물었다.

"크윽!"

단 한 번의 공격으로 귀혼갑이 뚫렸다.

단순한 마수라 생각했던 존재는 마물(魔物).

그것도 매우 강한 녀석이었다.

아린은 재빨리 냉정을 되찾고 기를 모았다.

이대로 계속 마물에게 끌려갈 수는 없었다.

혈극재신법(血極災神法), 혈천자(血千刺).

팔에서 흐른 피가 천 개의 침이 되어 폭발했다.

그러나 마물은 미동조차 없었다.

'효과가 없다면…….'

남은 수는 하나.

아린은 자신의 음기를 전부 왼손 약지의 반지로 불어넣었다.

이윽고 빙후의 반지가 빛을 내며 진동했다.

"……죽어라. 마물."

아린의 말과 동시에 반지를 중심으로 한기가 폭발하며 수
백 개의 얼음 칼날이 늑대의 머리를 뚫고 나왔다.

"……끼요요요요요요옷!"

늑대는 인간의 목소리로 비명을 지르며 떨어져 나갔고, 거
대한 달팽이로 변모해 뒹굴어 댔다.

"너무해! 아파! 너무 아파!"

아린은 거친 숨을 내쉬면서도 마물에게서 시선을 떼지 못
했다.

마물이 말을 한다.

'분명 말을 할 수 있는 마물은…….'

그 자체로도 재앙이라고 부르지 않았던가?

그런 마물이 왜 갑자기 수도 근처에 나타난 것인가?

그때였다.

쿠오오오오오!

굉음과 함께 아린의 머리 위로 그림자가 드리워졌다.

하늘로 고개를 치켜든 아린이 당황해하며 얼어붙었다.

"……!"

햇빛을 가린 것의 정체는 검은 용이었다.

그것도 온몸을 전율케 만들 정도로 거대한 기운을 품은.

확실했다.

저 용은 지금 눈앞의 있는 마물보다도 강하다.

아린은 그제야 단순히 이주원을 구출시키기 위함이 아닌, 다른 무언가 거대한 일이 벌어지고 있다는 것을 깨달았다.

그리고 가장 먼저 그녀의 머릿속을 스쳐 지나간 것은…….

"서하야!"

당연히 이서하였다.

검은 용은 수도를 향하고 있었으니 말이다.

눈이 돌아간 그녀는 뒤도 돌아보지 않고 달리기 시작했다.

백야차는 그 모습을 멍하니 바라보았다.

말을 할 수 있는 마물은 최소 반야(般若)급.

그런 마물이 두 마리.

아니…….

'더 있다.'

백야차는 고개를 돌렸다.

저 멀리서 반야급으로 추정되는 마물들이 다가오는 것이 느껴졌다.

그리고 그때.

"주인님! 너무 아픕니다!"

호들갑을 떨던 마물이 백야차를 지나갔다.

"어머, 엄살떨면 안 되는데. 널 대신할 마물은 많거든."

"허억! 아닙니다. 하나도 아프지 않습니다! 그깟 한기 시원
하네요!"

그깟 한기?

아린이 뿜어낸 것은 왕국의 수도 절반을 폐허로 만들었던
그 한기였다.

그걸 입속에서 맞아 놓고 그깟 한기라고?

백야차는 당황한 얼굴로 마물이 바라보는 곳으로 시선을
돌렸다.

이윽고 한 여자가 백야차를 향해 물었다.

"애, 넌 이름이 뭐니?"

여인의 물음에도 백야차는 답할 수가 없었다.

숨이 멎을 정도의 아름다움이 눈앞에 있었기 때문이다.

하지만 그 이유가 전부는 아니었다.

여인의 미모보다 백야차를 더욱 당황스럽게 만드는 이유
는 따로 있었으니 말이다.

"……유아린."

눈앞의 나찰은 유아린과 쌍둥이처럼 닮아 있었다.

◆ ◆ ◆

하늘을 가득 채운 거대한 용. 나는 저것을 언젠가 본 적이
있었다.

회귀 전.

제국의 하늘에 나타났던 마물. 당시 제국의 무사들은 저
마물을 이렇게 불렀다.

정천이지(頂天履地) 발난타(跋難陀).

하늘을 이고 땅을 밟는 재앙.

발난타는 나와 수도의 인간들을 벌레처럼 바라보며 입을
열었다.

"위대한 주인의 뜻에 따라."

마물이 말을 한다.

그것만으로도 공포심을 불어넣기에 충분했다.

"인간들이여. 죽음을 맞이해라."

발난타의 포효와 함께 하늘에서 거대한 운석이 떨어지기
시작했다.

제국의 도시를 한순간에 폐허로 만들었던 그 기술이었다.

"……."

지금부터는 일분일초가 중요했다.

빠르게 판단해야 한다.

지금, 이 순간 최우선으로 해야 하는 일은 무엇인가?

그것은······.

"대장군!"

"알고 있네!"

이미 같은 생각을 떠올렸던 것인지 대장군은 내 말이 끝나기도 전에 편전 안으로 달려 들어갔다.

현재 가장 중요한 일.

그것은 국왕 전하를 지키는 일이었다.

"실례하겠습니다."

"잠깐······!"

백성엽은 대꾸할 틈도 주지 않은 채 어깨에 짊어졌다.

신유민 전하는 당황한 얼굴로 물었다.

"대체 무슨 일이 벌어진 것이기에 이러시오!"

"그것은 가면서 말씀드리겠습니다."

"아니, 그러면······."

전하가 급히 나를 향해 시선을 돌렸다.

"서하야! 뭘 하고 있는 게냐!"

걱정 가득한 시선. 말을 하지 않았지만, 위기인 상황이라면 같이 피난을 가자는 뜻이었다.

자신의 최측근이자 왕국의 전력을 잃고 싶지 않았을 테니 말이다.

하지만 나는 단호히 고개를 내저었다.

"누군가는 수도를 지켜야 하지 않겠습니까?"

힘 있는 자들이 모두 도망친다면 힘없는 자는 누가 지킬까?

과거 나찰이 천일을 습격했던 때.

국왕을 비롯한 고수들은 수도의 방위보다 제 보신을 우선시하며 도망갔다.

덕분에 습격단에 포함되어 있던 샨다는 거침없이 날뛰었고, 마수 무리에 죽은 이들까지 합세하며 전황은 급격하게 기울어졌다.

그로 인해 벌어진 것이 백성들의 팔다리를 자르며 퇴각하는 것.

적의 군세가 늘어나는 것 막겠다는 고육지책이었다.

이것이 회귀 전의 내가 겪었던 상황.

그렇기에 전하의 뜻에 따를 수 없었다.

힘 있는 자들이 자기 안위만 챙기면 약자들이 얼마나 참혹한 결과를 맞이하게 되는지 알기에.

이번 생에서도 같은 상황이 반복돼선 안 됐다.

아니, 반드시 달라져야 한다.

"그러니 제가 지키겠습니다."

신유민 전하는 차마 대꾸하지 못했다.

조금 전 행동이 얼마나 무책임했던 것인지 깨달았을 테니까.

나는 백성엽 대장군을 바라보며 말했다.

"시간이 없습니다. 어서 가세요."

"조금만 버티고 있게. 금방 돌아오겠네."

대장군님이 먼저 움직이고 나는 작게 심호흡하며 하늘에 떠 있는 발난타를 올려다보았다.

가장 시급한 문제를 처리했으니, 이제는 그다음을 골칫거리를 해결해야 할 차례.

'발난타부터 떨어트려 대량 학살을 막는다.'

그것이 지금 이 순간 내가 해야 할 일이었다.

그렇게 생각을 굳히며 움직이려고 할 때.

거대한 검기가 발난타를 향해 날아가 폭발했다.

쾅! 하는 소리와 함께 발난타의 몸이 휘청인다.

뒤이어 시야에 들어온 것은 허공을 날아 발난타의 머리 위에 착지하는 한 남자의 모습.

그는 발난타의 뿔을 잡고 머리를 이리저리 돌리며 균형을 잃게 만들었고 이내 발난타는 지상으로 곤두박질쳤다.

"……."

제국의 무사들도 벌벌 떨게 만들던 발난타를 단숨에 추락시킨 존재.

저 남자가 누구인지는 깊게 고민할 필요도 없었다.

'할아버지.'

입신경에 도달한 무신(武神)이자 왕국의 수호자, 철혈(鐵血) 이강진.

왕국에서 저런 위용을 보일 수 있는 존재는 할아버지가 유일했다.

그리고 위기 가운데 찾아온 한 줄기 희망이었다.

'감사합니다, 할아버지.'

자욱한 먼지 속에서 발난타와 전투를 이어 가는 할아버지를 보며 진심으로 감사를 표했다.

덕분에 하늘에서는 더 이상 운석이 떨어지지 않았으니 급한 불은 끈 셈이었다.

조금의 여유가 생긴 나는 즉시 육감을 발동했다.

그와 동시에 자조 섞인 한마디가 흘러나왔다.

"젠장……."

집중하지 않았음에도 거대한 음기가 느껴졌기 때문이다.

게다가 하나가 아니라는 것도 문제였다.

'발난타는 시작이었구나!'

발난타에 버금갈 마물들이 동시에 수도로 밀려들고 있다.

그렇다면 이대로 내버려 둬선 안 된다.

놈들이 수도로 들어서기 전에 처리해야 한다.

'혼자서는 무리다.'

아무리 내가 왕국 최강의 무사라 불릴지라도, 발난타급의 마물들을 동시에 상대하는 건 어불성설이었다.

그러니 이때를 위해 마련해 두었던 비장의 무기를 꺼낼 차례였다.

생각을 마친 나는 빠르게 거리를 내달렸다.

목적지를 향해 이동하는 와중에도 하늘에서 떨어진 운석

에 초토화된 수도의 모습이 시야에 담겼다.

멀쩡한 곳을 찾아보기 힘들었고 거리는 시체로 가득했으며, 가까스로 살아남은 생존자들은 절망에 빠져 있었다.

파묻힌 가족들을 찾기 위해 도움을 요청하는 이, 이미 실성해 바닥에 엎드린 채 벌벌 떠는 이, 충격에 기절한 사람들까지.

"무사님! 도와주십시오! 저기 안에 우리 애가……!"

몇몇 백성들이 나를 발견하고 매달렸으나, 나는 입술을 깨물며 애원하는 손길을 뿌리칠 수밖에 없었다.

"……미안합니다."

내가 나서면 죽게 될 운명이었던 이도 살릴 수 있다.

하지만 소수를 구한 대가로 더 많은 이들이 목숨을 잃게 될 것이다.

이 순간에도 마물들은 시시각각 수도를 향해 진격해 오고 있을 테니 말이다.

그렇기에 애처롭고 안타깝게 여기면서도.

저들이 나를 향해 비난하며 손가락질할 것을 알면서도.

나는 그들의 요청을 무시하며 달리고 또 달렸다.

현재 내게 주어진 사명은 마물들이 수도로 들어오지 못하게 막는 것이었으니까.

그렇게 도착한 광명대 병영.

이곳 또한 발난타가 소환한 운석으로 인해 충격을 받은 상태였다.

다행이라면 광명대원들에겐 별다른 피해가 없어 보인다는 것.

또한 심혈을 기울여 육성한 부대답게, 현 시점 자신들의 역할이 무엇인지 인지하고 있었다.

"오셨습니까, 대장님."

"김채아 선인."

최선두에 자리 잡고 나를 맞이하는 육도각 김채아.

그 뒤로 육도궁 성지한과 지율이, 김한결 스승님, 그리고 수많은 무사들이 도열해 있었다.

광명대원 모두가 출진 준비를 마친 상태였다.

"덕분에 시간을 아꼈군."

역시나 홍의선인을 도박으로 딴 건 아니었다.

그렇게 흡족하게 주변을 돌아보던 나는 한순간 의문을 품을 수밖에 없었다.

가장 중요한 사람이 보이지 않았기 때문이다.

나를 대신해 부대를 이끌고 있었을 사람.

아린이는 그 어디에서도 찾아볼 수 없었다.

"부대장은 어딨나?"

내 물음에 김채아가 당황해하며 되물었다.

"대장님과 함께 계신 것 아니었습니까? 홍등가에 잠입하신 때부터 보이지 않아서 동행 중인 것으로 알고 있었습니다만."

"······뭐?"

내가 홍등가에 잠입한 날부터 안 보였다고?

분명 빡세게 규율을 잡고 있다고 들었는데, 이건 또 무슨 말인가.

그렇게 영문 모를 상황에 어이없어할 때.

"으아아아아악! 지금 이게 무슨 상황입니까? 저 용은 또 뭐고!"

정이준이 혼비백산하며 병영으로 달려오는 것이 보였다.

이내 나를 발견했는지 놈은 언제 호들갑을 떨었냐는 듯 순식간에 표정을 바꿨다.

"······대장님도 계셨네요?"

두뇌 회전이 빠른 놈이다.

자신을 바라보는 시선만으로 어떤 상황에 처한 것인지를 깨달은 것이다.

그렇다면 굳이 돌려 물을 이유는 없었다.

"아린이 어딨냐?"

그러자 녀석은 바로 눈살을 찌푸리며 반박했다.

"그걸 왜 저한테 물으십니까? 저는 모르는 일입니다."

당연히 예상한 반응이었고 이후의 대처도 정해 둔 상태였다.

평소라면 모르겠지만, 지금은 말장난 따위로 시간을 낭비할 때가 아니었으니 말이다.

"너랑 농담 따먹기 하던 선배 이서하가 아니라 광명대 대장으로서 묻는 것이다."

나는 정이준의 코앞으로 얼굴을 들이밀었다.

"다시 묻겠다. 정이준 대원. 부대장은 어디 있지?"

전시 중 거짓 보고는 사형으로 다스린다.

즉, 무슨 말을 꺼내느냐에 따라 정이준의 생사 여부가 결정된다는 뜻.

그렇기에 정이준은 한숨을 내쉬며 사실을 고백할 수밖에 없었다.

"그게…… 홍등가에 계셨는데, 지금은 정말 어디 있는지 모릅니다."

"……쯧."

염두에 두지 않은 경우였기에, 혀를 찰 수밖에 없었다.

상혁이와 민주가 부재한 것도 뼈아픈데, 아린이의 행방이 묘연함은 더욱 치명적으로 다가왔으니 말이다.

그러나 나는 길게 고민하지 않았다.

마냥 손 놓고 지켜볼 상황이 아니었으니, 사정이야 어찌 됐든 계획은 예정대로 이행해야 했다.

"이 일에 대해선 추후에 다시 얘기할 테니 일단 자리로 돌아가."

이준이는 경례를 한 뒤 재빨리 자기 자리를 찾아 들어갔다.

직후 나는 불가피하게 자리를 비운 몇몇 외에 한자리에 집결한 광명대를 바라보며 명을 내렸다.

"시광대(始光隊)는 나를 따르고, 나머지는 각 대장들의 지휘하에 백성들의 구제와 피난에 주력한다."

수도 방위와 피난을 동시에 진행하며 혹시 모를 피해를 예방하는 것이 목적이었다.

광명대의 임무를 인지시킨 나는 곧바로 역할 분배를 진행했다.

"대장은 성지한, 김채아, 주지율, 그리고 정이준. 번호 순서대로 동서남북으로 흩어지도록. 이상."

내 말에 정이준이 당황하며 말했다.

"제가 대장입니까?"

"그래."

"저저저저저저는 선인도 아니고······."

"말장난할 시간이 있나? 빨리 움직여."

"네, 넵!"

결정이 번복될 리 없음을 눈치챘는지 정이준은 빠르게 포기하며 뒤돌아섰다.

축 처진 어깨가 자신감이 없음을 드러내지만, 그저 엄살을 떨고 있을 뿐이었다.

내가 아는 정이준이라면 분명 잘해 낼 것이다.

회귀 전에도 나찰을 농락해 내던 훌륭한 지휘관이었으니 말이다.

'네 자신을 믿어라.'

너는 나보다 더 나은 결과를 만들어 낼 것이니까.

이윽고 각 부대가 정해진 위치로 이동하며 병영엔 나와 시광대만 남게 되었다.

난 시광대원들의 얼굴을 찬찬히 돌아봤다.

애써 감춰 보려 노력하지만 긴장한 기색을 완전히 숨기지 못했다.

시광대는 광명대장의 직속 부대이자 적의 심장의 빛의 화살을 꽂을 수 있도록 길을 열어 줄 영웅들.

죽게 될지 모를 사지를 향해 나아가는 게 자신들의 숙명임을 알고 있는 것이다.

"긴말하지 않겠다. 지금 수도로 많은 수의 마물이 다가오고 있다. 우리는 이를 막는다."

대원들의 얼굴이 순식간에 굳어졌다.

짐작했던 것과 직접 듣고 체감하는 것에는 극명한 차이가 있었으니 말이다.

그리고 당연한 반응이었다.

하나도 잡기 힘든 마물을 여럿 상대한다는 건 자살 행위나 마찬가지였으니까.

하지만 유일하게 한 사람.

가장 선두에 선 소녀만이 안면에 미소를 띠며 물음을 던졌다.

"그럼 우린 저 용과 같은 마물과 싸우는 겁니까?"

"그렇다."

"짜릿하군요!"

광인, 진유화.

성무학관 출신 후배이자 훈련에서 가장 좋은 성적을 받아 시광대의 소대장이 된 그녀는 진심으로 기뻐했다.

마치 며칠 굶은 사람이 진수성찬을 맞이해 군침을 흘리는 것처럼.

그녀는 황홀함에 빠진 듯 양 볼에 발그레한 홍조까지 띠고 있었다.

나는 그런 진유화를 애써 무시하며 설명을 이어 갔다.

"하지만 직접적으로 마물을 제압할 필요는 없다. 너희의 역할은 마물을 뚫고 나를 목표 지점까지 보내 주는 것이다."

시광대의 설립 목적은 모든 적의 섬멸이 아니다.

내가 적진 중심부에 위치한 핵심 인물에게 향할 수 있도록 지름길을 만드는 것이 이들의 역할이었다.

직후 진유화가 고개를 갸웃거리며 손을 번쩍 들었다.

"한 가지 더 여쭤봐도 됩니까?"

"말해라."

"마물이 아니면 목표가 무엇입니까?"

나는 고개를 끄덕였다.

이 또한 예상하고 있던 질문이었다.

지금의 상황에선 마물의 처치가 중요하다 생각될 것이다.

하지만 마물의 생태를 고려한다면, 마물의 처치가 곧 위기의 끝이 아님을 알게 될 것이다.

"우리의 목표는……."

본디 마물은 자신의 영역에서 절대 나오는 법이 없었다. 영역을 확장할 때 힘이 닿는 부분부터 점차 흡수해 가는 것도 그에 기인한 것이다.

수도 천일과 신평 사이에 자리 잡은 적오를 내버려 뒀던 것도.

회귀 전 제국이 마물의 습격 자체를 제재했던 것도 굳이 위험을 자처하지 않겠다는 의도였다.

먼저 건들지만 않으면 자신의 영역에서 머물 테니 말이다.

하지만 그렇게 여겼던 사고는 어느 날 한순간에 무너져 내렸다.

마물들이 영역을 떠나 인간 도시를 습격하기 시작했던 것이다.

바로 오늘처럼.

속수무책으로 당한 제국은 왜 이런 일이 벌어진 것인지 원인 파악에 나섰다.

그로부터 얼마 후 알게 된 것은…….

"위대한 일곱 혈족이라 불리는 나찰, 베타."

위대한 일곱 혈족.

베타.

마물을 조종할 수 있는 나찰의 존재였다.

"베타를 죽이고 마물을 돌려보낸다."

그것만이 승리를 위한 방법이었다.

◆ ◆ ◆

남악의 중턱.

선생은 절벽 끄트머리에 서서 수도의 상황을 내려다봤다.

발난타가 진입하고 하늘에서 운석이 떨어진다.

순식간에 천일은 아수라장이 되었고 여기저기서 곡성과
아우성이 울려 퍼지기 시작했다.

이윽고 이강진이 발난타에 올라타며 추락시키자 수도에
찾아온 위기는 잠시나마 소강상태에 접어들었다.

모든 게 계획한 대로.

선생이 뒤를 돌아보며 말했다.

"모두 작전은 잘 알고 계시겠지요?"

그곳에는 네 명의 나찰이 서 있었다.

위대한 일곱 혈족.

그들은 조용히 남악에 숨어 적당한 때를 기다리고 있던 것
이다.

"걱정도 태산이오. 설마 우리가 그걸 잊었겠소?"

"어머, 노친네가 노망이 들었나 보네. 한 번 삽질해 놓고 너
무 당당한 거 아니야?"

"그때는 사전 준비가 부족했을 뿐이오. 이번에는 꼭 그 망

할 놈을 죽이겠소."

"바보. 작전은 그게 아니잖아."

람다가 핵심을 꼬집자 선생이 피식 웃으며 고개를 끄덕였다.

"람다 님의 말씀대로입니다. 이번에는 이서하를 무시해도
좋습니다. 대신 우리는……."

선생은 다시금 수도를 내려다보며 눈빛을 빛냈다.

"이강진."

왕국 모든 무사들의 정신적 지주.

무(武)의 상징.

"무신을 죽일 것입니다."

그것이 이번 작전의 최우선 목표였다.

"그럼 시작할까요?"

선생의 말에 네 나찰이 일제히 절벽 밑으로 몸을 날렸다.

이강진은 수도 내 저택에서 몸을 풀고 있었다.

낮에 대련 약속을 잡아 놓았기 때문이다.

그런 그가 순간 한 곳을 바라보며 미간을 좁혔다.

"……마물?"

육감은 분명 그렇게 말하고 있었다.

하지만 이성적으로 이해가 되지는 않았다.

적어도 이강진이 아는 역사에서 마물이 인간의 영역에 나타난 적은 없었으니 말이다.

그렇게 당황하는 것도 잠시.

거대한 용과 운석의 소환을 마주하며 육감이 옳았음을 깨달았다.

이강진의 몸이 순식간에 사라진 것도 동시였다.

그렇게 순식간에 검기를 날리고 발난타의 머리 위에 올라탄 이강진은 뿔을 잡아 흔들며 마물을 지상으로 떨어트렸다.

그리곤 난동 부리는 발난타를 향해 검을 내질렀다.

초식 하나하나가 일격필살인 일검류.

그 공격에 금강석과 같은 발난타의 비늘이 찢겨 나가며 피가 흘러나왔다.

"크아아아악!"

처음 느껴 보는 고통에 발난타의 움직임이 격해졌다.

하지만 그것도 잠시.

계속된 공격에 피해는 걷잡을 수 없었고, 발난타의 움직임이 둔해지기 시작했다.

"후우."

이강진은 작게 숨을 내쉬며 발난타의 머리로 향했다.

"단단한 놈이구나. 내 공격을 이렇게나 많이 맞고도 살아있다니."

"끄으으으윽."

"영광으로 여기거라. 이 수도가 너의 무덤이 되는 것을."

그렇게 말하며 검을 내려치려는 찰나.

이강진은 본래 목적과 다르게 다급히 몸을 뒤로 물렸다.

조금 전까지 그가 있던 곳에 거대한 장검이 떨어졌고, 몸을 뺄 것을 예상했다는 듯 주먹이 날아들었다.

이강진은 가볍게 주먹을 쳐 낸 뒤 거리를 벌렸다.

이윽고 습격한 두 남자의 얼굴이 들어왔다.

윤기 나는 은발에 붉은 눈.

둘 다 나찰이었다.

이강진은 둘의 위아래를 훑으며 이내 고개를 끄덕거렸다.

"……서하가 말하던 나찰이 너희로구나."

기존의 나찰과는 차원이 다른 경지.

위대한 일곱 혈족.

"외팔이 나찰이 로고 다른 쪽이 시그마겠군."

덕분에 소개할 필요가 없어졌기에 로는 장검을 늘어뜨리며 고개를 숙였다.

"한 수 배우겠네. 무신."

"한 수 배우기는."

겸손한 로와 달리 시그마는 못마땅하다는 듯 노려봤다.

"인간 주제에 거창한 칭호를 달고 어깨에 힘주기는."

그러면서 당당하게 앞으로 걸어 나왔다.

"교만의 대가로 죽음을 맞이해라."

그런 둘을 바라보며 이강진이 작게 숨을 내쉬었다.

"좀 그렇네……."

시그마는 이해한다는 듯 고개를 끄덕였다.

발난타를 제압하기 위해 20번에 가까운 공격을 날렸다.

그것도 모든 수에 전신의 기운이 담아 말이다.

그런 상황에서 한쪽 팔을 잃었다지만 입신경의 강자인 로를 상대해야 한다.

게다가 알파와 로를 제외하면 어느 나찰에도 뒤지지 않는다 자부하는 시그마까지 합세했다.

누구라도 비관적으로 받아들일 수밖에 없을 것이다.

"어쩌겠는가? 전쟁이 원래 이런 것을."

승리를 위해서라면 수단을 가리지 않는 것.

그것이 전쟁의 본모습이지 않던가.

"그러니 원망하지……."

시그마가 비하를 이어 가는 그때.

이강진이 안면에 미소를 띤 채 말했다.

"나찰 최강이라는 것들이 이렇게 약해서야."

그 순간.

이강진의 몸에서 뿜어져 나온 기운이 시그마와 로를 덮쳤다.

압박감에 숨이 쉬어지지 않는다.

마치 심해에 갇힌 듯한 기분.

그것은 공포감이었다.

"기대하마."

이윽고 이강진이 한 걸음을 내디디며 말했다.

"너희들은 얼마나 재밌게 해 줄지."

Chapter 125.

Chapter 125.

불과 몇십 년 전까지만 해도 수도 근처의 작은 마을이라 여겨졌던 곳이 있었다.

간혹 상급 무사를 배출해 내긴 했으나, 선인은 꿈도 꾸지 못하는 무가(武家).

가문의 역사를 통틀어도 단 한 명도 내세울 이 없는 가문.

그것이 청신(靑申)을 바라보는 왕국 사람들의 시선이었다.

그렇기에 어느 누구도 청신에 큰 기대를 갖지 않았다.

가문에 속한 이들 또한 마찬가지였다.

지금까지 그래 왔던 것처럼 눈에 띌 만한 업적도 남기지 못한 채 평범하게 살다 생을 마치는 걸 타고난 운명이라 여겼던 것이다.

그러나 이강진은 아니었다.

그는 무의 정점에 서겠다는 포부를 품었고, 그에 걸맞은 자질까지 갖추고 있었다.

게다가 단 한순간도 낭비하지 않고 매 순간 전력을 다하는 노력까지 기울였다.

그렇게 구슬땀을 흘리며 수련에 임했고, 시간이 흘러 성인이 되었을 무렵.

이강진은 왕국 최강자의 자리에 올랐다.

젊은 나이에 이룩했다는 사실만으로도 놀라웠지만, 청신 출신으로 이뤄 낸 쾌거였기에 무사들은 그에게 존경과 찬사를 아끼지 않았다.

하지만 정작 당사자는 만족스럽지 못했다.

더 이상 왕국 내에 적수가 없어 바라볼 목표가 사라져 버렸으니 말이다.

최강자라 떠받들어지며 살아가야 하는 따분한 인생이 그를 기다리고 있을 뿐이었다.

그렇게 삶의 의미를 잃어 갈 때, 다시금 의욕을 불태울 기회가 찾아왔다.

시의적절하게도 전쟁광 신유철이 왕위에 오르며 왕국 밖으로 시선을 돌리게 되었던 것이다.

이후 수많은 전장을 오가며 셀 수 없이 많은 고수를 상대했다.

그러나 성장에 대한 만족감이나 치열한 대결에서 느끼는 쾌감 따윈 없었다.

동부 왕국의 고수들을 상대했을 때도.

제국의 강자와 맞붙었을 때도.

심지어 만백산의 주인 설산비호를 마주했을 때조차도.

자신의 한계를 단 한 번도 시험할 수 없었으니 말이다.

그렇기에 지금, 이 순간.

수도가 불타고 비명 소리가 울려 퍼지는 와중에도 이강진은 흥분한 얼굴로 나찰을 주시했다.

'나찰 중 최강자라.'

인간들은 별 볼 일 없었고, 마물은 실망스러웠다.

그렇다면 나찰은 어떨까?

조금이라도 가슴속 공허함을 채워 주지 않을까?

"기대하마."

이강진은 진심으로 그리 생각하고 있었다.

"너희들이 얼마나 날 재밌게 해 줄지."

이강진의 발언에 시그마는 표정을 굳혔다.

인류 역사상 최강의 사나이.

이강진에 대한 소문을 들었을 때 시그마는 코웃음을 쳤다.

100년조차 살지 못했으며, 그마저도 노화가 진행되어 약해진 인간이 강해 봤자 얼마나 강하겠느냐는 생각이었다.

그렇기에 이번 작전에 로가 함께하는 것조차 마음에 들지 않았다.

하지만 선생은 굳은 얼굴로 말했었다.

'이강진은 인간이 아닙니다.'

그 말뜻을 이제는 알 것만 같다.

이강진의 기백에 압도된 로와 시그마는 약속이라도 한 듯이 동시에 움직였다.

저 남자는 위험하다.

전투를 길게 끌면 끌수록 위험하다.

긴 시간 동안 살아오며 갈고닦여진 감이 그렇게 말하고 있었다.

'단숨에 끝낸다.'

시그마는 온 힘을 끌어내며 이강진을 향해 돌진했다.

이윽고 1보 거리에 마주 선 순간, 이강진이 검을 앞으로 내질렀다.

일검류(一劍流), 용섬(龍閃).

시그마는 순간 등골이 오싹해져 왔다.

살기에 압도된 것이다.

그 어떤 준비 자세조차 취하지 않고 날아온 일격.

소름 돋는 침묵과 함께 이강진의 검이 한 줄기 섬광이 되어 날아들었다.

그것은 시그마가 강해진 이후로 단 한 번도 느끼지 못한 감정이었고, 이에 온 신경이 곤두섰다.

'……!'

각성과 함께 시간이 느려지며 검의 궤적이 또렷하게 보여 왔다.

그렇기에 확실히 알 수 있었다.

이 공격을 피할 길 따위는 없다는 것을.

시그마 역시 만 번의 전투는 족히 치른 백전노장. 그는 반 사적으로 한쪽 팔을 들어 올렸다.

천변(千變), 흑갑의 태(黑甲의 態).

시그마의 팔이 검게 물듦과 동시에 이강진의 검과 부딪혔다.

시그마의 요술.

천변(千變).

그것은 유비타와 같은 신체 변형술이었다.

하지만 오직 칼날의 태만 사용할 수 있는 유비타와 달리 시 그마는 수많은 태를 사용할 수 있었다.

이 중 한 가지인 흑갑의 태는 몸에 검은 기운을 둘러 방어 력을 증폭시키는 것이었다.

사용자에 따라 다르나 시그마가 사용하는 흑갑의 태의 강 도는 지구상에 그 어떤 광석보다도 단단함을 자랑했고, 이강 진의 검을 막기에 충분했다.

그러나 시그마는 바로 공격을 이어 갈 수 없었다. 뒤늦게 충격파가 그의 뼈를 흔들고 내장을 뒤틀었기 때문이었다.

순간적으로 휘청거리며 피를 뱉은 시그마는 다시금 자세

를 잡았다.

'······미친.'

상상치도 못한 일격.

'선생이 옳았다.'

무신.

이 남자는 절대 혼자서 상대해서는 안 되는 존재였다.

'하지만······.'

전쟁에 비겁함이란 존재하지 않는 법.

이강진의 검이 막힌 그 순간 시그마의 뒤에 숨어 따라오던 로가 모습을 드러냈다.

"······."

이강진은 표정을 굳히며 로의 검을 받아쳤다.

하지만 그와 동시에 시그마의 발차기가 이강진의 허벅지를 때렸다.

퍽! 하는 소리와 함께 공기가 진동한다.

평범한 무사였다면 그대로 다리 하나가 터져 나갔을 일격.

이에 이강진은 살짝 뒤로 물러났다.

'지금이다.'

현경, 입신경 경지의 고수들 싸움에서는 단 한 번의 물러남조차 치명적이었다.

로와 시그마는 그 상태로 이강진을 계속해서 밀어붙였다.

이강진 역시 대지가 흔들릴 만큼 강력한 일격으로 응수했으나 시그마는 이를 악물며 모두 버텨 냈다.

'이 정도는 버틸 수 있다.'

충격이 중첩되고 있었으나 물러날 수는 없었다. 이 정도의 강자를 상대할 때는 목숨을 걸어야 하는 법.

시그마는 기회를 노리다 새로운 태를 발현했다.

천변(千變), 구속의 태(拘束의 態)

시그마의 몸이 철사처럼 변하며 이강진의 몸을 휘감았다.

"로!"

이것이 다시는 오지 않을 기회임을 눈치챈 로는 있는 힘을 다해 검을 내려쳤다.

"……!"

이강진은 로를 올려다보며 온몸의 기를 폭발시켰다.

"우오오오오!"

기의 폭발에 시그마의 구속이 풀리고 이강진은 바로 몸을 뒤로 뉘였다.

그 순간.

써억!

로의 장검이 이강진의 가슴을 크게 베었다.

"후우."

로는 작게 한숨을 내쉬며 시그마에게 말했다.

"얕았군."

상처만 커 보일 뿐. 살가죽만 벤 일격이나 다름없었다.

"미안하네. 이번 일격으로 끝냈어야 하는데."

로의 말에 시그마는 콧방귀를 끼었다.

아쉬운 건 그 역시 마찬가지였으나 그렇다고 약한 모습을 보일 수는 없었다.

"괜찮네. 영감. 어차피 저놈의 검은 나를 뚫지 못해."

이강진의 경지는 인정한다. 하지만 흑갑을 뚫지 못하는 것도 사실이었다.

"어차피 전황은 우리에게 유리하니 상관없지."

어느 정도 회복한 발난타는 다시 하늘로 솟아오르고 있었다.

거기에 다른 마물들 또한 지원을 올 것이다.

이강진을 죽이는 것은 그저 시간문제일 뿐.

조급해야할 이유가 전혀 없었다.

그러나 그때였다.

"허허허."

이강진이 너털웃음을 터트렸다.

"이거 참, 옛말 틀린 거 하나 없다는 말이 사실인 '모양이네."

이강진의 미소에 위화감을 느낀 시그마는 인상을 찌푸렸다.

그러거나 말거나 이강진은 말을 이어 갔다.

"삼인행필유아사(三人行必有我師)."

세 사람이 길을 가면 반드시 나의 스승이 있으며, 약한 자나 어린아이에게도 배울 것이 있다.

"내 손자에게 배우길 잘했군."

그 말과 함께 이강진의 분위기가 바뀌었다.

이를 본 로와 시그마는 표정을 굳힌 채 그대로 굳어 버릴 수밖에 없었다.

"망할."

이강진의 몸이 황금빛으로 빛나기 시작한 것이었다.

로와 시그마. 두 사람 모두 그것이 무엇을 뜻하는지를 알고 있었다.

"내 손자가 나찰을 상대로는 이렇게 싸워야 한다고 말해 주더구나. 어떠냐?"

이강진은 혈염산하를 내려쳤다.

그러자 로와 시그마 사이로 황금빛 불길이 치솟아 올랐다.

"……!"

극양신공(極陽神功).

입신경의 강자가 극양신공을 통해 한 걸음 더 올라가려 하고 있었다.

◆ ◈ ◆

마물들이 다가온다.

어떡해서든 베타를 막지 못하면 수도는 지킬 수 없다.

나는 시광대에게 마지막으로 당부했다.

"죽은 자는 적이다. 누구도 죽지 마라."

수도의 시체들이 일어나 주변을 공격하고 있는 시점에서 어딘가 샨다가 있다는 건 확인된 것이나 다름없었다.

　한마디로 강한 무사가 죽을수록 적은 강해지고 아군은 약해진다는 뜻이었다.

　"존명!"

　대답에서 시광대원들의 결의가 느껴졌다.

　"그럼 가자."

　내 말과 동시에 이들의 몸이 황금빛으로 빛나기 시작했다.

　모두 극양신공을 익힌 것이었다.

　그렇게 시광대는 한 줄기의 빛이 되어 수도를 가로질렀다.

　그때였다.

　쾅! 하는 소리와 함께 강대한 기가 부딪치는 소리가 들렸다.

　할아버지 쪽이었다.

　할아버지를 상대로 두 개의 거대한 음기가 느껴졌다.

　'망할!'

　익숙한 기운들.

　하나는 양천에서 만났던 로의 기운, 다른 하나는 아미숲에서 본 시그마의 기운이었다.

　과연 저 둘을 상대로 할아버지가 이길 수 있을까?

　'믿자.'

　그리고 내가 할 수 있는 일을 하자.

　강한 요술을 지닌 나찰일수록 본체의 경지는 낮은 경향이 있다.

그러니 만약 베타가 마물을 조종하는 요술을 하고 있다면 베타 그 자체는 그리 강하지 않을 것이었다.

아니, 설령 약하지 않더라도 지금은 그렇게 전제를 깔고 움직여야만 한다.

그렇게 정신없이 이동해 북문에 도착할 때 즈음이었다.

"쿠오오오오오오!"

거대한 소용돌이와 함께 모든 병장기를 비롯한 모든 철제 기구들이 빨려들어가고 있었다.

"이게 무슨······."

갑작스러운 이변에 당황하는 것도 잠시.

성문 밖 존재가 점점 커지는 것이 보여 왔다.

"······망할."

교육서에도 실려 있는 유명한 마물.

불가사리.

나는 빠르게 판단을 내렸다.

"시광대! 눈앞의 마물을 먼저 처리한다."

불가사리는 강철을 먹을수록 강해지는 특성을 가지고 있는 만큼 더 시간을 주었다가는 돌이킬 수 없다.

게다가 곧 있으면 마물이 들이닥칠 것이다.

그렇다면 한 마리만 상대할 수 있는 지금 어떻게든 숫자를 줄여야만 한다.

"넵!"

진유화는 내 명령이 떨어지기가 무섭게 가장 앞장서서 불가사리를 향해 달려들었다.

불가사리 역시 이들을 가만히 두고 보지는 않았다.

그것은 육중한 몸을 돌리며 강철로 이루어진 거대한 기둥을 날려 왔다.

"오오오오!"

진유화는 그 상황에서도 황홀한 표정을 지으며 외쳤다.

"산개!"

시광대원들은 목숨을 걸고 산개하며 불가사리의 시선을 끌었다.

고르고 골라 뽑은 정예인 만큼 이들은 완벽하게 자신들의 역할을 수행해 주었다.

그렇다면 내가 보답을 할 차례다.

나는 시광대가 열어 준 길을 따라 달리다 공중으로 뛰어올랐다.

그렇게 불가사리의 머리까지 올라온 나는 극양신공을 최대치로 끌어올렸다.

'한 방에 죽인다.'

예전 할아버지가 적오에게 그랬던 것처럼.

낙월검법(落月劍法), 태양선(太陽線).

불가사리.

그 이름에는 절대로 죽일 수 없다는 불가(不可)와 오직 불로만 죽일 수 있다는 중의적인 뜻이 담겨 있었다.

그러니 극한의 양기를 사용한다면 죽일 수 있을 터.

그렇게 모든 것을 재로 만드는 양기가 불가사리의 안면을 강타했다.

그리고 그 순간.

불가사리가 비명을 지르기 시작했다.

"꾸에에에에에에에에에에엑!"

불가사리는 고통에 몸부림치며 나를 향해 손을 내뻗었다.

'이런……'

죽지 않았다.

할아버지처럼은 안 되나? 나는 날아오는 불가사리의 손을 피하기 위해 몸을 틀었다.

그러나 내가 공격하는 와중에도 철을 먹어 커진 탓에 완벽한 회피는 불가능해 보였다.

'그렇다면 방어를……'

그렇게 몸을 웅크리는 순간.

누군가 날아와 나를 껴안고 바닥으로 낙하했다.

진한 풍란 향. 나는 정체불명의 여자와 함께 바닥을 뒹굴었다.

그렇게 내 위에 올라타 여자는 걱정 가득한 눈으로 내 양볼을 잡으며 말했다.

"괜찮지? 서하야? 응? 어디 다친 데는 없고."

"아린아……."

유아린.

미친 듯이 반가운 얼굴이었다.

하지만 마냥 반가운 기색만을 보일 수는 없었다.

나를 찾아온 아린이의 모습이 엉망진창이었기 때문이다.

귀혼갑이 찢어져 너덜거리고 있었고 상처 또한 아직 아물지 않아 피가 뚝뚝 흘러내리고 있었다.

자기야말로 크게 다쳐 놓고 누가 누굴 걱정하는 건지.

하고 싶은 말은 많았지만 지금은 이 상황을 타파하는 것이 먼저다.

나는 아린이에게 바로 물었다.

"지금까지 어디 있었어?"

"이주원을 잡으러 갔었어."

하지만 잡지 못한 것으로 보인다.

잡았다면 아린이 성격에 녀석의 목이라도 들고 왔을 테니까.

"실패했구나."

"응."

"이주원을 놓친 이유가 설마 베타야?"

"베타?"

"마물을 조종하는 나찰을 말하는 거야."

"응, 맞아. 마물을 조용하는 나찰이 있었어."

"그럼 그녀가 다스리는 마물의 수와 경지는?"

"수는 모르겠고 적어도 내가 본 마물은 다 말을 하고 있었으니까……."

최소 설산비호와 동급의 마물들이 몰려오는 것이었다.

'게다가……'

불가사리에 시간을 빼앗긴 사이 이미 대부분 코앞까지 다가왔다.

'이미 마물들이 수도에 들어와 있다.'

발난타 역시 할아버지가 로와 시그마를 상대하는 사이 이미 하늘로 날아올라 회복 중이었다.

그렇다면 이제 선택해야 한다.

베타를 잡아 이 전황을 뒤집을지 그게 아니면…….

'수도를 포기해야 하는 건가?'

마물들의 수도 파괴가 빠를까? 아니면 내가 베타를 잡는 것이 빠를까?

'시광대라면 나를 베타까지는 끌고 갈 줄 것이다.'

이미 불가사리와의 전투에서 이들의 실력은 확인했다.

마수들과 싸우는 것이 아니라 돌파라면 충분히 가능하다.

하지만 내가 베타를 제압한다고 하더라도 그 사이에 수도가 전부 파괴되어 버린다면, 아니 모두가 죽는다면 의미가 없다.

나는 알고 있다.

회귀에서도 그러지 않았던가.

중요한 것은 언제나…….

"……수도를 버리자."

사람이었다는 것을.

◆ ◇ ◆

발난타가 수도에서 난동을 부리던 그 시각.

백성엽은 신유민을 데리고 편전 뒷문으로 빠져나왔다.

직후 근위대가 두 사람을 맞이했다.

사태가 벌어진 것을 파악하자마자 국왕의 보호를 위해 몰려든 것이었다.

백성엽은 수고를 덜었다 안심하면서도 지체 없이 명을 내렸다.

"우리는 전하를 모시고 신속하게 수도 밖으로 빠져나간다!"

말이 끝나기 무섭게 신유민이 당황하며 백성엽을 바라봤다.

"대장군? 그게 무슨 말입니까? 밖이라니요? 지금 나더러 수도를 버리라는 것입니까?"

"현재로선 그게 가장 안전한 길입니다."

"받아들일 수 없습니다."

신유민은 강하게 반발하며 절대 용납할 수 없다는 기색을 내비쳤다.

수많은 희생을 바탕으로 목숨을 보전하는 것.

태자로 책봉된 때부터 국왕에 올라 지금에 이르기까지.

단 한 번도 상상해 본 적 없는, 아니 고려해선 안 될 행동이었다.

"그러면 이주원과 다를 바가 없지 않습니까!"

이주원의 가면을 벗겨 감춰졌던 민낯을 드러낸 게 불과 조금 전의 일이다.

홍등가 주민들을 품으며 새로운 왕국을 만들 것을 천명한 것도 오늘이다.

그로부터 하루도 지나지 않았는데, 자신이 무너뜨렸던 존재와 동일한 행동을 취하라 제안하고 있으니 화가 치밀어 오를 수밖에 없었다.

"난 만백성의 아버지인 국왕입니다. 그런 내게 백성들을 버리라니요? 그럴 수 없습니다. 나를 믿는 백성들을 두고……."

신유민이 강경하게 거부 의사를 밝히는 그때.

"전하."

백성엽은 신유민의 어깨를 잡고 또렷하게 말했다.

"현실을 직시하십시오."

백성엽은 그 어느 때보다 단호한 표정으로 국왕과 시선을 마주하며 말을 이어 갔다.

"백성을 향한 전하의 연민은 이해합니다. 하지만 적법한 왕위 계승자가 없는 상태인 점 또한 기억하셔야 합니다. 전하께서 승하하실 경우, 이 왕국에 어떤 미래가 펼쳐질지는 굳이 설명하지 않아도 잘 알고 계시지 않습니까?"

"……."

신유민은 입술을 깨물 뿐 답하지 못했다.

거대했던 제국이 흔들리며 몰락하게 된 것은 후사를 정하지 않은 상태에서 황제가 갑작스레 죽어 버렸기 때문.

자신의 선택에 따라 제국의 전철을 밟게 될 수 있으니 고민이 깊어질 수밖에 없었다.

그 순간에도 백성엽의 제안은 계속해서 이어졌다.

"상황을 수습하기에도 이미 늦었습니다."

무방비 상태에서 당한 기습.

또한 마물의 공격은 한곳에 국한되지 않고 수도 이곳저곳을 파괴했다.

소대 단위로 흩어져 각개 격파당한 무사들도 다수일 것이고, 살아남은 이들을 규합해 지휘하는 데에도 시간이 소요될 수밖에 없다.

그렇기에 백성엽은 한쪽 무릎을 꿇고 고개를 숙이며 간청을 드렸다.

"정녕 이 나라와 백성들을 위하신다면, 부디 통촉하여 주십시오."

수많은 희생이 따를 것이고, 가까스로 살아남아 진실을 알게 된 이들은 손가락질하며 비난할 것이다.

그럼에도 백성엽의 뜻은 확고했다.

설사 희생이 따르더라도 최악을 맞이하기보다는 훗날을 도모할 수 있는 차악을 택한다.

오로지 왕국의 존속과 영광을 위해.

"……."

신유민은 말없이 백성엽을 내려다봤다.

누구보다 왕국을 위했던 대장군이었기에, 현재의 심정이 얼마나 통탄스러울지는 굳이 묻지 않아도 이해할 수 있었다.

그렇기에 감동스러우면서도 씁쓸함 또한 강하게 밀려들었다.

'대장군의 말이 맞다.'

전투를 할 수 없는 자신은 남아 있어 봤자 도움은커녕 오히려 짐이 될 뿐이었다.

상징적인 의미로 남기에는 전황이 너무나도 어둡다.

"이래서 무(武)를 익혔어야 하는데……."

회한 어린 자조를 읊조리던 신유민이 이내 표정을 바꿨다.

마음을 정했다면, 더 이상 주춤거릴 이유는 없었으니 말이다.

"알겠습니다. 대장군의 뜻대로 하겠습니다."

"하해와 같은 성은에 감사드립니다."

백성엽은 즉시 몸을 일으켰다.

그리곤 한시가 바쁘다는 듯 근위대를 향해 지시를 내릴 찰나.

"대신 조건이 있습니다. 제 침전으로 갑시다."

"침전으로 말입니까?"

난데없는 국왕의 요구에 백성엽이 미간을 찌푸렸다.

도망가기에도 부족할 판에 침전을 찾다니.

무언가 챙길 물건이라도 있는 것일까?

잠시 짧은 의문이 들었으나 백성엽은 고개를 흔들었다.

"안 됩니다. 설령 옥쇄를 두고 왔다 하더라도 지금은……."

"그런 것이 아닙니다."

신유민은 서둘러 움직이며 말했다.

"일단 제 뜻에 따라 주세요. 이유는 자연히 알게 될 것입니다."

"명을 받들겠습니다."

대장군은 더 이상 반박하지 않고 근위대를 대동하고 국왕의 뒤를 따랐다.

잠시 의문이 들었으나, 말 그대로 잠시뿐이었다.

'현명하신 분이다.'

지금껏 봐 왔던 신유민은 지식이 아닌 지혜를 갖춘 왕이었다.

그가 뜻을 굽히며 대피를 받아들였다면, 이를 위한 최선의 수를 생각해 두었을 것이다.

침전을 향하는 것도 그 일환일 것이니, 이제 자신의 역할은 국왕을 지키는 것뿐이었다.

그렇게 얼마 지나지 않아 도착한 국왕의 침전.

신유민은 근위대를 돌아보며 말했다.

"침대를 치워라."

명령대로 근위대가 침대를 옮기자 신유민은 바닥에 깔린 천을 걷어 냈다.

직후 백성엽이 당황한 기색을 감추지 못한 채 떨리는 음성을 내뱉었다.

"전하…… 그것은 설마……."

"맞습니다, 대장군."

신유민은 고개를 끄덕이며 자리에서 일어났다.

"도시를 나갈 수 있는 비밀 통로입니다. 그대들이 이것을 열어 주겠나?"

근위대가 달라붙어 비밀 통로를 여는 사이, 신유민은 백성엽의 옆으로 가 나직이 말했다.

"과거 나찰과 전쟁을 벌일 당시, 천일은 최전선의 요새였습니다. 그렇기에 우리 천일 신씨 가문의 조상님들께선 언제든 탈출할 수 있도록 비밀 통로를 만들어 두셨다고 합니다."

"그렇군요."

침전으로 가야 한다는 의미를 이해할 수 있었다.

다만, 이해하는 것과 동시에 한 가지 의문이 동했다.

"이 비밀 통로에 대해 아는 사람이 있습니까?"

대장군인 자신조차 지금에서야 알게 되었으니, 아마 통로의 존재를 아는 이는 없다고 봐야 할 것이다.

물론 무조건적인 안심은 금물이었다.

출처를 알 수 없으나 은월단은 항상 양질의 정보를 이용해 왔다.

그러니 비밀 통로에 대한 정보가 그들의 귀에도 들어갔을 가능성도 염두에 둬야만 했던 것이다.

이를 눈치챈 신유민은 확신을 담아 말했다.

"이 비밀 통로는 오직 국왕에 오른 자만이 알 수 있는 것입니다. 지금으로서는 선왕 전하와 저만 알고 있는 곳이 되겠죠."

"그렇다면 안심이군요."

두 사람이 누구에게도 이 비밀 통로에 대해 말하지 않았다면 아무리 은월단이라도 이를 알아챌 수가 없다는 뜻이다.

그때 신유민은 문득 뭔가를 깨달은 듯 말했다.

"아, 한 사람이 더 있었군요."

"누굽니까?"

"후암의 단장입니다. 대장군도 잘 아는 사람이지 않습니까?"

"후암의 단장⋯⋯."

백성엽은 작게 숨을 내쉬었다.

'그자까지는 믿을 만하겠지.'

국왕 직속 조직이자, 오로지 국왕의 명에 의해 움직이는 게 바로 후암.

그들의 수장이 배신할 가능성은 현격하게 적고, 확인해 본 바에 따르면 후암의 단장은 극단적인 친이서하파라 할 수 있었다.

비밀 통로가 안전하다는 것에 변함이 없다는 뜻.

그렇게 생각을 마칠 즈음, 육중한 소리와 함께 지하로 향하는 철문이 열렸다.

신유민은 즉시 앞장서며 말했다.

"길 안내는 제가 하죠."

"전하, 그것은 저희가 하겠습니다."

근위대가 만류했으나 신유민은 피식 웃으며 대꾸했다.

"그대들의 호의는 고마우나, 이번에는 어쩔 수 없네. 이 안은 미로로 되어 있네."

"미로 말씀이십니까?"

"그렇네. 그런 곳의 안내를 맡길 수는 없지 않겠는가?"

신유민은 계단 밑으로 내려가며 고개를 돌렸다.

"모두 헤매지 않도록 조심하게."

칠흑같이 어두울 것이라 예상했던 것과 달리.

수많은 등불이 내부를 밝히고 있어 이동하는 데 무리는 없었다.

그렇게 어디로 향하는지 모를 길을 신유민의 안내에 따라 이동하길 한참이 흘렀을 무렵.

신유민 일행은 철제 사다리를 마주하게 되었다.

"목적지에 도착했습니다. 대장군."

"그렇다면……."

백성엽은 앞장서며 사다리를 잡았다.

"이번에는 제가 먼저 나가 보겠습니다."

비밀 통로 안에서야 안전하게 이동했다지만, 밖의 상황까지 그럴 것이라 확신할 수는 없었다.

사다리 밖이 어느 장소와 연결되어 있는지도 알 수 없으며, 마물이 나타난 점을 고려하면 마수의 존재까지도 염두에 둬야 했다.

이에 백성엽은 근위대에게 눈빛을 보냈다.

혹여 무슨 일이 생기면 돌아갈 대비를 갖추라는 뜻이었다.

그렇게 만일의 사태까지 대비해 두고서야 백성엽은 천천히 사다리를 올라갔다.

잠시 후 끝에 다다른 그는 조심스럽게 밖으로 얼굴을 내밀었다.

"……."

이윽고 시야에 들어온 것은 초라한 집의 내부.

걱정과 달리 통로 밖은 고요했다.

하지만 백성엽은 긴장을 풀지 않은 채 몸을 완전히 밖으로 빼냈다.

그렇게 천천히 걸음을 옮겨 집 밖으로 나섰을 때, 저 멀리 불타는 수도의 모습이 시야에 담겼다.

"……밖이군."

비밀 통로의 출구가 연결된 곳은 동문 밖의 작은 오두막이었던 것이다.

수도에서 그리 멀리 떨어진 곳은 아니었으나 도시 밖으로 나온 것만으로도 어느 정도의 안전은 확보된 것이었다.

백성엽은 다시금 안으로 들어가 내부에 대기하고 있던 신유민에게 말했다.

"이제 나오셔도 괜찮습니다."

신유민을 비롯한 근위대가 모두 나오자 백성엽은 작전을 설명했다.

"근위대는 국왕 전하를 모시고 청신으로 향해라. 그곳에서 철혈대와 함께 신평으로 이동하도록."

철혈대는 왕국 내에서도 손꼽히는 정예.

그들이라면 국왕 전하를 충분히 신평으로 데려다 줄 것이었다.

백성엽의 말이 끝나자 신유민이 물었다.

"대장군은 어떻게 하실 생각이십니까?"

"저는 수도로 돌아가 이서하 찬성사에게 합류한 뒤 잔류 병력을 이끌고 신평으로 향하겠습니다."

수도를 수복하는 건 쉽지 않을 것이고, 그로 인한 무인의 감소는 뼈아픈 손해나 다름없었다.

차라리 최대한 전력 손실을 줄이는 데 집중하는 것이 더욱 효율적이었다.

"그럼 이동하시죠."

그렇게 백성엽과 신유민 일행이 각기 다른 목적을 가지고 오두막 밖으로 나왔을 때.

눈앞이 흔들리더니 알 수 없는 위화감에 어지러움이 몰려왔다.

하지만 그것도 잠시.

백성엽은 빠르게 정신을 차리고 주변을 살폈다.

한눈에 보기에는 변한 것은 없었다.

똑같은 풍경, 똑같은 날씨.

그러나 백성엽은 금세 이상한 점을 포착해 냈다.

불타던 수도가 멀쩡하고, 새소리가 들리지 않으며 바람조차 불지 않는다.

그리고 더욱 이상한 것은……

"저건 무엇입니까, 대장군?"

눈앞에 놓여 있는 거대한 나무판이었다.

"……"

백전을 넘게 치른 그였으나 이러한 상황은 처음 경험하는 것이었다.

그렇게 모두가 기이한 현상을 이해하지 못하고 있을 때, 맞은편에서 한 남자와 여자가 걸어 나왔다.

"나의 세계에 온 것을 환영하오."

이 빠진 뿔 투구. 기괴할 정도로 큰 키에 앙상한 팔과 다리를 가진 남자.

반면 여인은 산양의 뿔을 가진 앳된 모습이었다.

둘의 정체가 나찰임을 알아채는 건 문제가 되지 않았다.

직후 남자가 이죽거리며 말을 이어 갔다.

"난 엡실론이라고 하오. 대장군 백성엽, 그리고 국왕 신유민 전하가 맞소?"

엡실론이 스스로를 소개할 때 백성엽이 버럭 소리쳤다.

"근위대! 전하를 모시고 달려라!"

나찰의 자기소개 따위를 가만히 듣고 있을 필요가 없었다.

백성엽의 목표는 오직 신유민의 안전.

그러니 전하가 도망칠 시간만 벌면 된다.

초열검법(焦熱劍法), 지옥화염(地獄火焰).

백성엽이 검을 빼 드는 것과 동시에 거대한 불꽃이 엡실론을 향해 날아갔다.

그러나 불꽃은 반도 날아가지 못하고 한순간에 증발했다.

"……!"

백성엽이 인상을 찌푸리자 엡실론은 미소를 지었다.

"쓸데없는 짓을."

그의 말과 함께 바로 뒤에서 근위대의 신음이 들려왔다.

"윽!"

가장 앞장서서 달려가던 근위대원이 갑작스레 뒤로 나자빠진 것이다.

그의 뒤를 따라가던 근위대원은 망연자실한 얼굴로 멈춰 선 뒤 허공에 손을 올렸다.

"……길이 막혔습니다!"

눈에 보이지 않는 거대한 벽이 이들을 가로막고 있던 것이다.

신유민은 씁쓸한 얼굴로 대장군의 곁으로 돌아왔다.

121

"아무래도 갇힌 거 같군요. 대장군."

백성엽은 작은 탄식을 내뱉었다.

"다른 방법을 강구해 보겠습니다."

"너무 조급해할 거 없습니다. 저쪽에선 무력시위보다 대화가 먼저인 것 같으니, 일단 들어 보고 결정하시죠."

신유민은 차분한 눈빛으로 자신을 엡실론이라 소개한 나찰을 응시했다.

'서하의 말대로면······.'

앞서 산족의 땅에서 돌아온 서하가 말해 줬던 이름과 동일하며 생김새도 흡사하다.

그렇다면 눈앞의 나찰이 위대한 일곱 혈족 중 하나라는 뜻.

즉, 나찰이 어떤 주제를 꺼낼지는 예상되는 바이니, 이를 듣고 난 뒤에 고민을 해도 늦지 않다는 말이기도 했다.

그런 신유민의 모습에 엡실론은 장난스럽게 어깨를 으쓱했다.

"참으로 훌륭한 자세가 아닐 수 없소. 국왕 전하."

낄낄거리는 모습에서 예의란 찾아볼 수 없었다.

"나의 세계 안에서 그대들을 죽이는 건 손쉬운 일이오. 하지만 난 자비로운 신이오. 그대들과 간단한 놀이를 해서 날 이기면 모두 안전하게 보내 주겠소."

신유민은 고개를 끄덕였다.

서하의 말대로 진행되고 있었다.

하지만 일단은 영문을 모르는 척 물었다.

"간단한 놀이?"

"그렇소. 모두가 아는 놀이니 그렇게 긴장할 것 없소이다. 지금부터 우리가⋯⋯."

"아, 말 많네. 빨리빨리 합시다. 영감탱이."

산양의 뿔을 가진 나찰이 한마디 하자 엡실론이 혀를 찼다.

"쯧쯧쯧, 성격이 이리도 급해서야. 안 그래도 지금 말하려 했소이다. 우리가 할 놀이는 바로 장기요."

그제야 신유민과 백성엽 등은 나무판의 정체를 파악할 수 있었다.

하지만 정체를 알았다고 해서 모든 의문이 풀린 것은 아니었다.

"단순한 장기는 아닐 텐데."

"역시 대장군. 눈치가 빠르오. 백문이 불여일견이니 보여 드리겠소."

엡실론은 왕의 자리에 올라갔다.

그러자 그의 몸에 신유민이 입고 있는 것과 같은 용포(龍袍)가 둘렸다.

"이렇게 나 자신이 직접 말이 되어 하는 것이오. 어떻소? 재밌어 보이지 않소? 기존 장기의 규칙과 크게 다를 건 없소. 한마디로 왕인 나는 이 네모 칸 밖으로 나갈 수 없다는 것이지. 다만 한 가지 다른 것은, 오직 왕의 명령에 따라 움직여야 한다는 것이오. 규칙에 대해선 다들 이해했을 테니, 이제 각자 역할을 선택하도록 하시오. 그러고 보니 우리는 둘밖에 없어 수가 맞지 않는군. 그러면……."

엡실론이 손가락을 튕기자 장기판 자리에 강철로 만들어진 무사들이 생성되었다.

"이 인형들로 대신하겠소."

순식간에 생성된 강철 무사들을 바라보며 백성엽은 생각에 잠겼다.

과연 저 나찰의 말대로 단순히 장기를 두기만 하면 되는가?

그렇다면 잡아먹힌 말은 어떻게 되는가?

속수무책으로 죽는 것인가? 아니면 그 자리에서 전투를 벌이는 것인가?

그런 수많은 의문은 이내 결론을 맺었다.

직접 겪어 보지 않는 이상 알 수 없으며, 무엇이 됐든 결계를 빠져나가기 위해 이기는 것에만 집중해야 한다는 것을.

"전하, 괜찮으시겠습니까?"

"뭘 물어보시는 것이오?"

"위험할 수 있습니다."

"알고 있습니다."

"그럼 장기판에는 저희만 올라가는 것으로……."

아니 신유민은 빙긋 미소를 지어 보이고는 장기판 위로 성큼성큼 올라갔다.

"나는 어렸을 적부터 장기 좀 둔다는 대신들과 승부를 겨루어 왔습니다."

그리고는 직접 왕의 자리에 가서 선 뒤 용포를 가다듬었다.

"그리고 단 한 번도 져 본 적이 없습니다."

장기를 배우고 정식 승부를 시작한 이후 패배라는 단어는 존재하지 않았다.

"문하시중 정해우도 내 상대는 못 되었습니다."

어렸을 적부터 무(武)를 제외한 모든 분야의 천재라고 불리던 것이 바로 신유민이었다.

백성엽은 자신만만한 젊은 국왕 전하를 올려다보며 말했다.

"그럼 저는 무슨 역할을 맡길 원하십니까?"

"마(馬)가 되어 주시겠습니까? 내 가장 좋아하는 말이라서 말입니다."

"명을 따르겠습니다."

백성엽이 해당 자리로 이동하자 복장이 전형적인 기수의 것으로 바뀌었다.

'얼마 만인가?'

지휘관의 자리에서 내려와 기수가 되어 보는 것이.

이윽고 근위대원들이 결의에 찬 얼굴로 각자 자리로 이동하기 시작했다.

누군가는 졸(卒)이, 누군가는 상(象), 또 누군가는 차(車)가 되었다.

"준비가 끝났다면 시작하도록 하겠소. 선은 그쪽에 양보하겠소."

"그럼……."

신유민은 백성엽을 바라보며 말했다.

"대장군님. 2행 7열로."

그렇게 목숨을 건 장기 대결이 시작되었다.

어렸을 적 신유민은 문관들에게 수없이 잔소리를 들을 때가 있었다.

"어찌 장기에만 관심을 두십니까? 장기는 그 깊이가 얕아 어린아이들이나 하는 놀이이옵니다. 차라리 바둑을 두시는 것은 어떻습니까?"

왕손이 장기만 고집하니 못마땅했던 것이다.

그럼에도 신유민은 뜻을 꺾지 않았다.

오히려 그때마다 자신만만하게 반론을 제기했다.

"바둑과 장기는 결이 다른 놀이인데, 어찌 어린아이들의 것으로만 국한할 수 있단 말입니까?"

장기는 결코 가벼운 놀이 따위가 아니었다.

최선의 수를 놓기 위해 이후를 고려하는 예측력은 장기와 바둑 모두 중요한 역량이다.

다만, 중후반에 접어들수록 치열한 심리전이 펼쳐지는 바둑과 달리 장기는 대국의 시작부터 진검 승부가 시작된다.

바둑이 무질서에서 질서로 향한다면 장기는 질서에서 무질서를 향해 가는 놀이였으니까.

'장기는 초반이 절반, 아니 전부다.'

초반의 질서를 최대한 유지해 나갈 수 있느냐가 승패를 판가름하는 요소였으니 말이다.

그렇기에 흥미를 두었고 즐겨 하던 놀이였으나, 지금은 두렵게만 느껴졌다.

신중하게 수를 고르면서도, 망설임을 떨쳐 낼 수 없었다.

'……나는 사람을 사지로 내몰 수 있는가?'

미끼를 던져야 할 때가 되었기 때문이었다.

장기는 전투의 핵심을 충실하게 반영한 놀이였다.

철저한 전략과 전술에 따라 기물을 움직이고, 견고하게 짜인 진을 뚫고 들어가 상대방의 궁을 잡는다.

그 과정에서 자신의 말을 희생시켜야 함은 필연적이라 해도 과언이 아니었다.

그리고 지금의 장기판이 단순한 놀이가 아님을 알기에.

희생이 단순한 놀이의 일부로 끝나지 않을 것을 알기에 망설여질 수밖에 없었다.

'십중팔구 죽는 말은 실제로도 죽을 것이다.'

자신이 움직이는 건 나무로 만들어진 장기짝이 아니라 명백히 살아 있는 사람.

자신의 명령 한마디에 한 생명이 허무하게 끝나 버릴 수 있다는 뜻이었다.

승리를 위해서는 이를 감수해야 한다는 것을 알면서도 입이 쉽사리 떨어지지 않는 이유이기도 했다.

그렇게 신유민이 선뜻 결단을 내리지 못할 때.

"어찌하여 망설이시는 겁니까?"

차분한 음성이 신유민의 혼란을 단번에 잠재웠다.

천천히 고개를 들자 한 사람과 눈빛을 마주할 수 있었다.

지극히 태연한 표정으로 자신을 바라보는 백성엽 대장군.

그는 걱정할 것 없다는 듯 미소를 지어 보였다.

"전하께선 서재에만 계셔서 그런지 무사들에 대해 잘 모르시는 모양입니다."

백성엽은 어디론가 시선을 옮겼고, 그를 따라간 신유민의 눈동자에 근위대의 모습이 담겼다.

근위대는 말없이 검을 빼 드는 것으로 대답을 대신하고 있었다.

"제 한 몸 바쳐 국왕 전하를 지킨다. 이들에게 그보다 더 영광스러운 일은 없습니다."

그것이 근위대의 존재 의의였다.

"……."

신유민은 작게 한숨을 내쉬었다.

각오가 부족했던 것은 아무래도 자신뿐이었던 모양이다.

그렇게 마음을 다잡은 신유민은 나지막하게 읊조렸다.

"절대 불필요한 희생은 치르지 않으마. 그러니……."

신유민은 고개를 숙였다.

"나를 위해 죽어 다오."

그리고는 작은 한숨과 함께 말했다.

"우진상(象)은 적의 병(兵)을 쳐라."

"넵!"

신유민의 명령에 상(象)을 맡고 있는 근위대원이 빠르게 달려가 강철 병사를 향해 검을 내려쳤다.

그렇게 처음으로 적의 말을 따내는 순간.

신유민의 미간이 찌푸려졌다.

캉!

엡실론의 강철 병사가 검을 들어 근위대의 공격을 막은 것이었다.

'막아?'

이해할 수 없는 일이었다.

만약 이 놀이가 장기라면 먼저 공격한 쪽이 단칼에 적을 베어 넘기는 것이 옳지 않은가.

"……!"

놀란 것은 근위대도 마찬가지였다.

하지만 당황한 것도 잠시.

"막아 봤자 베어 버리면 그만!"

근위대원 역시 실력을 인정받은 선인이었기에 빠르게 상

황을 파악하고 강철 병사를 몰아붙이기 시작했다.

그나마 다행이라면 강철 병사의 무위가 생각보다 높지 않다는 것이었다. 근위대원은 쉴 새 없이 공격을 이어 갔고, 마침내 상대의 팔 하나를 잘라 내기에 이르렀다.

"흐음."

그 광경을 지켜본 람다가 고개를 가로저었다.

"자기 요술이 최강이니 뭐니 떠들더니, 별거 없네."

반면 엡실론은 별다른 표정 변화 없이 정면을 주시했다.

그로선 이미 예상했던 상황이었기 때문이다.

"염려했던 대로요. 결계를 만드는 시간이 부족했소."

창조된 세계에선 모든 것을 원하는 대로 할 수 있는 엡실론이었으나, 그러기 위해선 몇 가지 조건을 충족시켜야 했다.

완벽한 결계를 만들기 위한 시간과 충분한 음기.

그 조건을 만족시키지 못한 부작용이었다.

이강진의 존재 때문이었다.

결계를 준비하기 위해서는 음기의 방출이 필연적이었는데, 이강진에게 발각될 수 있기에 미리 나설 수 없었던 것이다.

하여 발난타가 수도에 진입하고 난 이후에야 움직였기에 완벽한 결계를 펼치기엔 시간이 턱없이 부족했다.

"고작 반 시진 정도 줘 놓고 바라는 게 많소. 하루만, 아니 몇 시진만 더 있었어도 나에게 훨씬 유리한 놀이를 만들었을 것이오."

"전쟁 중에 반 시진이나 썼으면 충분히 쓴 거 아닌가?"

"그래서, 지금 말싸움이나 하자는 것이오?"

"그럴 리가. 당연히 도와줘야지."

람다는 미소를 짓고는 말했다.

"그쪽보다 훨씬 유용하고 강한 내 요술로."

이윽고 람다의 손에서 검은 기운이 뿜어져 나갔다.

그것은 근위대원이 강철 병사의 목을 치려는 것과 동시에 벌어진 일이었고.

캉!

검은 기운이 강철 병사를 휘감자 방금까지만 해도 잘 들던 검은 생채기도 남기지 못한 채 튕겨져 나왔다.

그리고 그 순간.

"커헉!"

강철 병사의 검이 근위대원의 심장을 꿰뚫었다.

"……."

근위대원은 억울함에 눈조차 감지 못하고 쓰러졌다.

강철 병사는 무표정하게 시체를 넘어 제자리로 돌아가 섰다.

신유민을 비롯한 모든 이들은 허망하게 그 광경을 바라볼 뿐이었다.

"이 무슨……."

분명 공격한 것은 신유민 쪽이었다.

그런데 역으로 당했다.

131

너무도 어이없는 상황에 신유민이 당황해하자 엡실론이 능청스러운 표정으로 입을 열었다.

"아, 내가 설명을 깜빡했소. 이 장기엔 특별한 규칙이 있소. 어느 쪽이 먼저 공격하든 싸워 이긴 말만이 살아남는 것이오. 의도한 바는 아니니 이해해 주시오. 오래 살다 보니 건망증이 심해져서. 크크크."

엡실론의 빈정거림이 이어졌으나, 신유민은 그것에 신경 쓸 여유가 없었다.

어느 쪽이 공격하든 싸워 이긴 말만이 살아남는다.

이는 더는 장기라고 할 수도 없었다.

'어떻게 해야 하는 거지?'

아무리 완벽한 수를 두어도 전투에서 이기지 못하면 의미가 없다.

그렇다면 최대한 수비적으로 나서야 하는 것인가?아니, 수비적으로 대응하더라도 상대 말을 이기지 못하면 결국…….

"전하!"

백성엽의 호통이 심연에 빠져 허우적거리던 신유민을 현실로 끄집어냈다.

"체통을 지키십시오! 어찌 한 번 진 것으로 흔들리십니까? 저를, 근위대를 믿지 못하시는 것이옵니까!"

"그렇습니다, 전하!"

백성엽과 같은 생각이라는 듯 근위대원들이 굳은 얼굴로

목소리를 높였다.

"하지만……."

그럼에도 신유민은 여전히 주저했다.

자신이 죽음을 명해야 한다는 것에는 변함이 없었으니 말이다.

그런 신유민에 백성엽은 다시 한번 용기를 불어넣었다.

"오히려 잘됐습니다. 이기기만 한다면 불사의 말이 될 수 있다는 말이지 않습니까?"

백성엽은 대장군으로서의 위엄을 풍기며 자신감을 드러냈다.

"신이 나서겠습니다. 부디 명령을."

"……."

신유민은 결의로 가득한 백성엽의 얼굴을 가만히 응시했다.

"알겠습니다. 대장군."

지금은 분위기를 바꿔야 할 때였다.

그리고 대장군이라면 자신이 원하는 상황을 만들어 줄 것이었다.

"병을 치십시오. 대장군."

백성엽은 명이 떨어짐과 동시에 강철 병사에게 달려갔다.

이번에도 람다가 강철 병사에게 검은 기운을 불어넣어 주었으나 백성엽은 상관하지 않았다.

그래 봤자 강철로 이루어진 인형일 뿐.

"사라져라."

초열검법(焦熱劍法), 극열(極熱).

거대한 불꽃이 강철 병사를 휘감으며 하늘로 솟구쳤다.

이윽고 화염 기둥이 사라진 자리에는 반쯤 녹아 땅에 붙어버린 강철 인형이 놓여 있었다.

백성엽은 인형의 목을 벤 뒤 위풍당당하게 섰다.

"자, 이제 누가 날 잡겠느냐?"

불사의 말.

이 판 위에서 백성엽은 그런 존재였다.

Chapter 126.

"아이고."

엡실론은 혀를 차며 람다를 바라봤다.

"그쪽 요술이 더 효율적이니 뭐니 했던 거 같은데. 이게 어찌 된 일이오?"

"그게 왜 내 탓이야? 네 인형의 한계가 그뿐인가 보지."

람다의 능력은 개인의 능력을 한계까지 끌어내는 것에 있었다.

이 과정에서 힘을 받는 사람이 광적으로 람다를 신봉하게 되는 것은 덤이었다.

물론 모든 대상이 같은 결과를 보이진 않았다.

간혹 이성을 유지하지 못하는 실패작들도 존재했고, 지금의 인형 또한 그런 유형이었다.

"그렇다면 어쩔 수 없지."

엡실론은 람다의 뒤로 시선을 돌렸다.

삿갓을 깊숙하게 눌러쓴 남자.

람다에게 있어서는 경호원과 같은 존재였다.

"그럼 그쪽 애완동물도 판에 올리는 게 어떻소?"

"뭐?"

"내 강철 인형의 한계가 저렇다면 그쪽이 데리고 다니는 놈은 좀 낫지 않을까 싶어서 말이오."

"싫다면?"

"그렇다면야 나도 어쩔 수 없지 않겠소? 당신이 비협조적이었다고 알파에게 말할 수밖에."

"하아, 씨발."

람다는 머리를 쓸어 올렸다.

알파.

선생과 함께 이 대업을 설계하고 준비한 나찰이자, 위대한 일곱 혈족 중에서도 최강이라 불리는 존재였다.

그에게 비협조적이었다니 뭐니 하는 소리가 들어간다면 피곤해질 수밖에 없었다.

"올라가."

"네, 람다 님."

엡실론이 손뼉을 치자 나팔 소리가 울려 퍼졌다.

"지원군 등장이오!"

그와 동시에 사내가 삿갓을 벗으며 판 위에 올라 백성엽의 손에 죽은 우진병의 처음 자리에 섰다.

죽은 말이 되살아난 셈이었다.

이에 신유민이 어이가 없다는 듯 말했다.

"지금 이게 뭐 하는 짓이지?"

대국이 시작된 이후에 추가로 말을 올린다는 건 듣지도 보지도 못한 개념이었다.

그러자 엡실론은 너스레를 떨기 시작했다.

"아아아, 내 이것도 설명해 준다는 걸 깜빡했소이다. 이번 장기는 말을 잃어도 지원군을 불러 빈자리를 채울 수 있소. 이 또한 공평하게 적용되는 규칙이니, 마음껏 활용해 보시오."

"공평한 규칙이라……."

신유민은 미간을 찌푸리며 탐탁지 않다는 기색을 대놓고 드러냈다.

분명 규칙은 공평했다.

엡실론이 강철 병사를 무한하게 소환할 수 있는 것과 달리 신유민에겐 그럴 능력이 없다는 점을 고려하지 않는다면 말이다.

이를 강조하듯 엡실론이 짙은 비웃음을 머금으며 말을 이어 갔다.

"그럼 대국을 계속하겠소. 난 우진병을 앞으로 밀겠소."

삿갓의 사내가 한 걸음 앞으로 걸어 나오며 백성엽과 마주했다.

백성엽은 그런 사내를 노려봤다.

"인간으로 태어나 어찌 나찰의 개가 되었느냐?"

"하하하, 고리타분하신 건 여전하십니다. 어차피 인간은 누군가의 개가 될 운명 아닙니까? 당신이 국왕 전하의 개인 것처럼."

백성엽은 인상을 찌푸렸다.

도발보다도 마치 언젠가 만난 적 있는 것처럼 말하는 점이 더욱 거슬렸다.

"나를 아나?"

"그럼요. 잘 알고말고요."

사내가 깊게 눌러쓴 삿갓을 벗어 던지며 미소를 지어 보였다.

그러나 백성엽의 의문은 여전히 해소되지 않았다.

유심히 바라봤지만 기억에 없는 얼굴이었기 때문이다.

"······넌 누구지?"

"글쎄요. 누구일까요?"

거뭇거뭇한 피부에 떡 벌어진 어깨를 지닌 사내가 입꼬리를 비틀었다.

과거와는 완전히 달라졌으니, 알아보지 못하는 것도 무리는 아니었으니 말이다.

람다에게 힘을 받아 새롭게 태어난 존재, 허남재는 미소를 유지하며 답을 꺼냈다.

"그건 당신의 목을 칠 때 알려 드리겠습니다."

허남재의 말에 순간 백성엽이 피식 웃었다.

"내가 괜한 고민을 했군."

눈앞의 남자가 누구인지는 하등 중요치 않았다.

이름이 뭐든 과거 만난 적이 있는 사이든 신경 쓸 이유가
없었다.

자신의 앞을 막아서는 이들은 모두 적.

그렇다면 단칼에 베어 넘기고 지나갈 뿐이었다.

"지금 이 자리에서 죽여 주마."

대장군이 그렇게 말할 때였다.

"대장군님. 우측 일(日) 자로 빠지십시오."

"전하!"

대장군이 반박하려 했으나 신유민은 모든 것을 이해한다
는 듯 고개를 끄덕일 뿐이었다.

"쯧."

대장군은 마땅찮은 표정이었으나 순순히 국왕의 뜻대로
움직였다.

자신은 무인이자 군인이기에, 국왕의 명령은 목숨과도 같
았으니 말이다.

'미안합니다, 대장군.'

신유민은 그를 안쓰럽게 바라보면서도, 자신의 선택을 후

회하진 않았다.

지금은 뒤로 물러나 상황을 파악하는 것이 상책이었다.

'누군지는 몰라도 대장군을 막기 위해 올라온 것은 틀림없다.'

나름 실력에 자신이 있다는 소리였다.

그렇다면 굳이 무리할 필요는 없었다.

백성엽이 패배하는 순간 대국은 끝난 것이나 마찬가지일 테니까.

상대의 수준이 어느 정도인지를 확인해 본 이후에 움직여도 충분했다.

'조금 더 상황을 보자.'

그렇게 대국은 계속해서 진행되었다.

"차(車)는 직진해 상대의 상(象)을 쳐라."

"넵!"

근위대원은 섣불리 달려들지 않고 신중하게 전투에 임했다.

선인 수준의 근위대가 베지 못했을 정도로 강철 병사의 강함은 이미 확인한 상황.

실제로 맞붙어 보니 실력은 백중세였기에, 더더욱 신중하게 전투를 이어 나갔다.

그렇게 수백 합을 주고받고 나서야 승패가 갈렸고.

"우오오오오!"

승리는 근위대원이 거머쥐었다.

하지만……

"나 또한 차(車)를 움직여 그대의 차를 잡겠소."

"……!"

쉴 틈 없이 접근해 온 강철 병사에 의해 근위대원은 별다른 저항조차 못 하고 허무한 죽음을 맞이했다.

신유민에겐 뼈아픈 실책이자 그로서도 어쩔 수 없는 문제였다.

근위대는 엄연한 인간이었으니까.

치열한 전투 이후엔 휴식이 필요했다.

달리 말하면, 한 차례 싸움을 치른 뒤에는 죽은 목숨이나 마찬가지라는 말이었다.

반면 상대는 인위적으로 생성된 강철 병사.

또한 죽여도 새로운 말이 배치되니 더 이상 계획을 세워 본들 애처로운 몸부림에 지나지 않을 것이다.

오히려 더 깊은 늪으로 빨려 들어갈 뿐이고, 근위대의 죽음을 목도하며 결국 자신도 끝을 함께하게 될 테니까.

그렇게 한순간 기세가 꺾여 버린 신유민을 보며 람다가 조용히 중얼거렸다.

"끝났네."

람다는 승리를 확신하며 엡실론에게로 시선을 돌렸다.

상대가 전의를 잃은 상태에서 결과는 불을 보듯 뻔했으니까 말이다.

그런데 고개를 돌린 람다가 예상 밖의 반응을 내비쳤다.

"뭐야?"

상대를 농락할 생각에 신이 나 있을 거라 예상했던 엡실론이 미간을 찌푸린 채 허공을 응시하고 있었다.

"왜 그래? 무슨 일 있어?"

"……아무것도 아니오."

엡실론은 어물쩍 얼버무리니 람다의 고개가 모로 기울었다.

"아닌데. 분명 뭐가 있는데."

"신경 쓸 것 없소. 별것 아니오."

그러나 대수롭지 않다는 듯 말하는 것치고 엡실론의 표정은 여전히 굳어 있었다.

'무슨 일이지…….'

찰나였으나, 결계가 흔들리는 느낌이 감지됐었다.

외부에서 침입을 시도할 때 벌어지는 현상이었다.

'기분 탓이겠지. 그럴 리가 있나.'

비록 짧은 시간 만에 형성한 결계지만, 웬만한 고수가 아닌 이상에야 미리 발견하는 것조차 어려웠다.

인간 최고의 고수라는 이강진은 수도 내부에서 발목이 잡힌 상태이니 그게 가능할 이가 존재할 리도 없었다.

자신이 예민하게 반응한 것이라 생각하며 고민을 털어 내려는 순간.

"……윽!"

엡실론이 머리를 부여잡으며 무릎 꿇었다.

거대한 충격이 측두엽을 강타한 것이다.

지잉!

뒤이어 결계 안 모두가 느낄 정도로 선명한 진동이 울려 퍼졌다.

"뭐야?"

람다가 물었으나 엡실론은 어떠한 답도 줄 수 없었다.

지잉!

다시 한번 결계가 흔들리며 극심한 두통이 밀려왔기 때문이다.

"뭐야! 대체 무슨 일이 벌어진 거냐고!"

난데없는 상황에 람다가 짜증을 담아 외치는 순간.

쾅!

허공에 거대한 균열이 생기더니 누군가의 다리가 불쑥 튀어나왔다.

이내 온몸을 밀어 넣으며 한 남자가 모습을 드러냈다.

"아이고, 다들 어디 갔나 한참을 찾았는데, 여기 모여 있었군그래."

갑작스레 등장한 남자는 허허 웃어 보였다.

그를 마주한 엡실론과 람다는 물론, 반대편에 서 있던 근위대와 백성엽 또한 당황을 금치 못했다.

특히나 신유민의 반응은 더욱 극심했다.

새하얀 백발에 생기 있는 눈동자.

말투와 다르게 젊은 외모를 지닌 사내.

그러나 기억에 선명히 남아 있는 모습이며, 자신이 잘 아는 사람이었다.

"……할아버님?"

전신(戰神) 신유철.

무력으로는 왕국 역사상 다섯 손가락 안에 꼽히는 무사이며, 철혈 이강진과 함께 수많은 업적을 남겨 온 전대 국왕.

죽을 날만을 기다리던 할아버지가 회춘이라 한 것처럼 젊어진 모습으로 등장한 것이다.

"……저, 정말 할아버님이십니까?"

두 눈으로 보고도 믿기지 않는 상황에 신유민이 정신을 차리지 못할 때.

"흐음……."

사내는 팔짱을 낀 채 주변을 둘러보며 고개를 주억거렸다.

"그래, 그렇게 된 것이구나."

그렇게 홀로 무언가를 중얼거리던 사내가 다시금 신유민에게 시선을 옮겼다.

"유민아, 고생이 많았구나."

그의 음성을 들은 순간, 사내를 향한 신유민의 의문은 순식간에 사라져 버렸다.

애정이 가득 담긴 목소리.

옥좌를 넘겨줄 때와 다를 바 없는 애틋함 어린 눈빛.

"내가 무엇을 해 주면 되겠느냐?"

유일한 혈육이지만 다시는 보지 못할 것이라 생각했던 존재.

그가 이전의 강건했던 모습으로 자신을 찾아와 주었다.

위기를 마주한 국왕을, 하나뿐인 손자를 구하기 위해.

"차(車)의 자리를 맡아 주십시오."

감격스러운 해후도 좋지만, 당면한 위기를 넘기고 난 뒤에 해도 늦지 않았다.

신유민은 여전히 두통을 해소하지 못하는 엡실론을 내려다보며 말했다.

"그대의 말대로 규칙은 모두에게 공평하군."

전의가 꺾였던 나약한 신유민은 없었다.

만백성의 아버지이자 국왕으로서의 위엄을 갖춘 신유민만이 존재할 뿐이었다.

"우리 측에도 지원군 등장이오."

신유철이 차(車)의 자리로 돌아가는 짧은 순간 신유민은 다음 수를 생각하고 있었다.

'백성엽 대장군이 나섰을 때가 되어서야 지원군을 불렀다.'

직후 장기판에 오른 삿갓 사내의 실력은 불분명하나, 그 외에 특별한 존재라곤 궁성을 벗어날 수 없는 엡실론뿐.

다른 나찰은 밖에서 지켜보고만 있으니, 이 순간이 판을 뒤집을 기회였다.

할아버님에 견줄 상대가 없다는 뜻이나 마찬가지였으니 말이다.

그렇게 생각을 마친 신유민은 바로 계획을 실행에 옮겼다.

"할아버님께선 앞으로 이동해 병을 쳐 주시길 바랍니다."

"그러마."

신유철은 손자의 말에 따라 바로 앞으로 이동했다.

람다가 기다렸다는 듯 강철 병사에게 힘을 나누어 주었으나 신유철은 단칼에 반으로 쪼개 버렸다.

엡실론 역시 즉각 방어에 나섰다.

강철 병사들을 동원해 신유철의 앞길을 막아선 것이다.

그러나 이는 좋지 못한 선택이었다.

신유철이 검을 휘두를 때면 추풍낙엽처럼 쓸려나갈 뿐이었으니까.

압도적인 무력.

신유철은 결코 막을 수 없는 해일이 되어 엡실론을 향해 밀려들고 있었다.

"……망할."

엡실론의 얼굴에 낭패감이 번져 갔다.

서서히 죽음의 그림자가 다가오고 있음에도 마땅한 수가 떠오르지 않았기 때문이다.

단 한 번도 겪어 보지 않았으며, 고려할 필요성을 느껴 본 적 없는 일이었다.

'이론적으로는 가능하지만……'

아무리 정교하게 결계를 친다고 하더라도 결국 현실과 연결점을 남겨 둘 수밖에 없기 때문이다.

그러나 실제로 이 연결점을 포착하고, 결계와 현실의 두꺼운 장벽을 베어 낸다는 것은 또 다른 이야기였다.

왕국의 최강이라던 이서하조차 눈치채지 못했으니 말이다.

그렇기에 엡실론의 분노는 전혀 엉뚱한 곳으로 향했다.

"분명 이강진만 한 고수는 없다고 하지 않았소?"

"그걸 왜 나한테 따져? 선생한테 따져야지."

"쯧. 내 누누이 정보의 중요성을 강조했건만. 이제 저 차를 누가 막을 수 있겠소!"

저번에도 그렇고, 이번에도 그렇고.

모두 제대로 된 정보가 전달되지 않았기 때문에 벌어진 결과였다.

'인정할 수 없다!'

결코 자신이 부족해서가 아니었다.

느닷없이 등장한 저자를 사전부터 파악하고 있었더라면, 더욱 철저하게 준비했을 것이다.

지금보다 더욱 충분한 시간도 마련해 저들이 도망칠 길목에 결계를 설치했을 테니까.

그랬다면 저 무시무시한 존재조차도 어찌할 수 없을 세계를 창조했을 것이다.

지금같이 좌절감을 느끼지 않았을 테고 말이다.

엡실론은 달궈진 쇳덩이처럼 얼굴을 붉히며 외쳤다.

"뭐라 말을 해 보시오! 이제 어떡하냔 말이오!"

언제나 유리한 위치에서 상대를 내려다봐 왔던 엡실론이었다.

단 한 번도 불리한 전황에서 싸워 본 적이 없었다.

최근 이서하에게 당하기 전까지는 말이다.

그렇기에 그때의 충격이 마음속에 남아 있어 작은 변수에도 흔들렸다.

또다시 패배를 맛보게 될지 모른다는 두려움이 싹을 틔운 것이다.

람다는 그런 그를 혐오의 눈빛으로 바라보며 말했다.

"어떡하긴 뭘 어떡해? 장기를 잘 두면 되지."

"뭣이라?"

"저기 신유민을 네가 먼저 잡으면 되잖아. 어차피 왕만 잡으면 끝 아니야?"

람다가 눈짓으로 반대편 궁성에 자리 잡은 신유민을 가리켰다.

"상황이 크게 바뀐 것도 아니잖아? 말도 훨씬 더 많고, 그건 앞으로도 변함없을 테니까."

람다의 말에 엡실론은 흥분을 가라앉히고 판세를 읽기 시작했다.

신유민 측은 이미 많은 말을 잃어 구멍이 숭숭 뚫려 있다.

반면 자신은 계속 말을 충원하며 단 한 마리의 결원도 없는 상태.

비록 예상치 못한 고수가 튀어나왔지만, 그녀의 말대로 상황이 크게 반전된 것은 아니었다.

람다는 엡실론이 놓친 또 하나의 요소를 짚어 주었다.

"그리고 아무리 강해 봤자 인간일 뿐이야. 계속해서 싸우다 보면 언젠가는 지치지 않겠어?"

"크흠……."

엡실론은 헛기침을 흘리며 애써 시선을 돌렸다.

너무 흥분한 나머지 본래의 모습을 잃고 과오를 범한 것이다.

그러나 잘못을 순순히 인정하기엔 자존심이 걸렸다.

"……내 말은 여지를 줬다는 것이 문제란 뜻이오. 애초에 제대로 된 정보만 있었다면 이런 일도 없었을 것을."

"나 참, 그게 뭐 그리 중요하다고. 그리고 평소 해 온 방식대로잖아? 헛된 희망을 품게 만든 뒤 절망을 배가시킨다. 지금이 딱 그 상황인데?"

"……."

또다시 반박할 수 없는 엡실론이었다.

물론 람다의 말이 모두 옳은 것은 아니었다.

보통은 헛된 희망을 주는 것조차 엡실론의 계획하에 행하는 것이었으니 말이다.

하지만 계속 이야기를 하다 보면 자기 허물만 들추는 꼴이 될 것 같아 애써 말을 삼키며 정면을 주시했다.

람다의 말대로 기물의 수가 가지는 이점을 살린다면 앞으로의 대국엔 문제가 없을 것이다.

장기는 자신 있는 놀이 중 하나였고 요술로 창조한 세계에서 패배할 일은 없을 테니 말이다.

'고작 기물 두 개로 나를 이길 수는 없을 것이다.'

그리고 강한 말이 상대에게만 존재하는 것은 아니었다.

"우진병(兵)은 앞으로 나아가라!"

수없이 생성되는 강철 병사들로 신유철을 막으며.

허남재.

그를 이용해 신유민을 친다.

'그로써 상처 입은 자존심을 회복하리라.'

엡실론은 평정을 되찾으며 다시금 밝은 미래를 꿈꿨다.

그러나 그는 여전히 깨닫지 못했다.

밝은 미래가 그저 달콤한 상상에 지나지 않음을 말이다.

'역시나……'

사내가 거리를 좁혀 오는 와중에도 신유민은 미소를 머금고 있었던 것이다.

'듣던 대로 어리석구나.'

판세가 유리하다 여기겠지만, 순전히 그의 착각일 뿐이었다.

할아버님이 등장한 이상, 아니 그 이전부터 승패는 결정 난 것이나 마찬가지였으니까.

'실책을 범한 스스로를 탓하거라.'

엡실론이 만든 장기에는 두 가지의 승리 방식이 존재했다.

첫 번째는 압도적으로 강한 말을 보유하는 것.

불사의 말을 손에 넣기만 한다면 더 이상 행마를 막을 방도가 없다는 뜻이나 마찬가지였다.

양측 모두 강한 말을 보유한 현재로서는 두 번째 방식을 노려야 할 때.

"우진차(車)는 전진해 주시길 바랍니다."

서로 비등한 힘을 가졌을 경우, 누가 먼저 왕을 잡느냐가 승패를 가르는 요소.

그러니 보다 먼저 상대 왕에게 불사의 말을 접근시키는 게 최선의 수였다.

신유민의 명에 따라 신유철은 성큼성큼 걸어가 엡실론과 같은 줄에 서며 단호히 외쳤다.

"차장일세."

"……!"

신유철, 차(車)가 자신의 옆에 선 것을 본 엡실론은 급히 사(士)를 올려 막았다.

그러나 신유민의 행보엔 거침이 없었다.

"사(士)를 쳐 주십시오."

"알겠소이다. 국왕 전하."

손자에게 고개를 숙이며 장난스럽게 답한 신유철은 천천히 적의 궁성(宮城)을 향해 걸어갔다.

"단신으로 성을 치는 건 오랜만이구려."

궁성(宮城)으로 다가가는 그를 사(士)가 막아섰으나, 신유철은 단칼에 두 동강 낸 뒤 그 자리에 멈춰 섰다.

그렇게 다시 한번 엡실론을 마주하며 신유철이 최후통첩을 전했다.

"장군일세."

"……!"

뒤이어 나지막한, 그럼에도 무게감이 가득 담긴 물음이 들려왔다.

"자, 이제 어쩔 텐가?"

목소리의 주인은 바로 신유민.

"부디 마음에 드는 수를 꺼냈으면 좋겠군."

국왕의 위엄과 더불어 승자로서의 당당함을 내비치는 신유민이었다.

그의 계획이 성공리에 완성되었기 때문이다.

원래 장기였다면 왕이 차를 잡아 위기를 모면했을 것이다.

그러나 지금은 그럴 수 없다.

말을 잡기 위해서는 신유철과의 전투에서 이겨야만 했으니 말이다.

'오만에 잠식된 이의 말로로구나.'

공평을 내세웠지만 한없이 이로울 수밖에 없는 규칙을 만들어 두었음에도.

강한 말을 가지고서도 제 발로 패배의 구렁텅이에 빠진 것도.

모두 엡실론의 자충수로 인해 벌어진 일이었다.

그리고 그 행동은 엡실론의 오만함에서 기인한 것이다.

"최상의 말을 고작 병(兵)으로 삼은 아둔한 자여."

한 칸밖에 움직일 수 없는 병(兵)이 어찌 원하는 만큼 전진할 수 있는 차(車)를 앞설 수 있을까.

오만함에 눈이 멀어 굴러들어 온 기회를 걷어차 버린 것이나 다름없었다.

이젠 그에 따른 대가를 치를 차례였다.

"오만의 끝엔 좌절만이 있을 뿐이다."

승패가 정해졌음을 통보하는 신유민의 모습에 람다가 어깨를 들썩였다.

"아무래도 네가 진 거 같은데?"

람다는 조롱하듯 말했으나 엡실론은 대꾸조차 하지 못했다.

이서하에게 당했던 것 이상의 굴욕이었다.

스스로 만든 세계에서 패배했다는 것도 비참하지만, 상대가 별 볼 일 없는 범인이었기에 심경은 더욱 참혹할 수밖에 없었다.

그러나 그 순간에도 엡실론의 머릿속은 복잡하게 돌아가고 있었다.

패배가 결정된 이상 목숨을 보전할 방법을 마련해야 했으니 말이다.

현재로서 가능한 방법은 한 가지뿐이었다.

결계를 스스로 파괴하는 것.

그러나 그마저도 섣불리 선택할 수 없었다.

결계 파괴 후 닥쳐올 후폭풍이 염려되었기 때문이다.

'어떻게 해야…….'

살아남을 수 있을까?

엡실론이 그렇게 고민할 때였다.

"내가 도와줄까?"

예상 밖으로 람다가 도움의 손길을 뻗어 왔다.

"……네가?"

엡실론은 이해할 수 없다는 듯 바라보며 경계했다.

작전에 투입되더라도 인간들을 현혹해 움직일 뿐, 스스로 나서는 일은 매우 드물었다.

그만큼 절대로 위험을 감수하지 않는 것이 람다의 성격.

이번 작전만 하더라도 그랬다.

장기판에 말로 올라오지 않고 뒤에서 강철 병사에게 힘만 불어넣지 않았던가.

그런 그녀가 이제 와 자신의 목숨을 걸고 신유철과 싸워 준다?

단순히 이를 호의로 여길 존재가 있을까?

그런 생각에 엡실론이 망설이자 람다가 다시금 말했다.

"물론 조건이 하나 있긴 해."

조건이라는 말에 엡실론이 고개를 끄덕거리며 납득했다.

역시나 그녀가 나선 데에는 그만한 이유가 있었던 것이다.

"……무슨 조건이오?"

"힘을 좀 나눠 줘."

람다는 엡실론에게 슬쩍 다가가더니 개구쟁이 같은 미소를 지었다.

"내 힘만으로는 못 이길 거 같아서. 힘을 조금만 가져가도 될까?"

"……그런 것도 가능한 것이오?"

"물론이지. 대신 힘을 가져가기 위해선 상대방의 허락을 받아야 한다는 조건이 따르지만. 어쩔래?"

"……."

람다의 물음에도 엡실론은 선뜻 확답을 주지 못했다.

왠지 모르게 람다의 제안이 꺼림칙하게 느껴졌던 것이다.

그러자 람다는 아쉬울 것 없다는 듯 등을 돌렸다.

"싫으면 말고. 그냥 여기서 뒤지시든가."

직후 엡실론이 침을 꼴깍 삼키며 다급히 외쳤다.

"알겠소!"

마음에 걸리는 것은 여전했지만, 도움을 거절할 수 없었다.

무엇이 됐든 신유철의 손에 죽는 것보다는 나을 테니 말이다.

"동의한 거다? 내가 네 힘을 가져가는 것에?"

"알겠다니까 그러네! 대신 확실하게 이겨야 할 것이오. 만약 내 힘을 가져가고도 진다면 그때는 우리 둘 다 죽은 목숨이니."

"어머머, 무슨 그런 걱정을."

"그만큼 책임감을 가지고 싸우라는 말이오!"

"글쎄, 걱정할 필요 없다니까?"

람다는 말을 이어 감과 동시에 엡실론의 목을 껴안았다.

난데없는 행동에 엡실론이 뒤로 물러났으나, 그보다 먼저 람다의 입술이 다가왔다.

쪽.

두 나찰의 입이 마주치는 그 순간.

엡실론에게 난생처음 겪어 보는 상황이 펼쳐졌다.

"……!"

엡실론의 기운이 람다에게로 흘러들어 간 것이다.

이상함을 감지한 엡실론이 발버둥을 치며 빠져나가려 했으나 람다의 근력을 이겨 낼 수는 없었다.

기운을 빼앗기며 저항은 점차 더뎌져 갔고.

뒤이어 결계를 이루던 핵의 음기까지 람다의 몸으로 빨려 들어가기 시작했다.

그 광경을 지근거리에서 바라보던 신유철이 불쾌한 듯 표정을 일그러트렸다.

"참……."

엡실론의 몸이 수축하며 말라 가기 시작한 것이다.

그에 반해 람다에게서 흘러나온 검은 기운은 하늘을 덮을 정도로 거대해져만 갔다.

이 이상 내버려 둬선 안 된다는 불안감이 엄습할 정도였다.

그렇기에 이 순간이 더더욱 한스럽게 느껴졌다.

'안타까운 일이로구나.'

지금이 두 나찰을 칠 절호의 기회임은 알고 있었다.

그러나 뜻대로 발을 옮기는 건 불가능했다.

장기짝이 된 이상 자신의 차례에, 왕의 명령을 받아야만 움직일 수 있었으니 말이다.

그렇게 한 나찰의 생이 꺼져 가는 것과 강대한 나찰의 탄생을 두 손 놓고 지켜볼 수밖에 없었고.

"후우."

람다는 선천진기까지 모두 뽑아내고 나서야 엡실론을 놔주었다.

"너 꽤 강했구나? 대단히 만족스러운데?"

"……"

힘없이 쓰러진 엡실론은 부들부들 떨면서도 말라비틀어진 손으로 람다를 가리켰다.

"무, 무슨 짓을……."

"말했잖아. 힘을 가져간다고."

"그게……."

"자, 그럼 여기서 질문. 왜 내가 흡수까지 가능한지를 아무도 몰랐을까?"

"……."

"뭐야? 똑똑하다고 그렇게 자랑을 해 대더니 모르는 거야?"

못마땅하다는 듯 고개를 젓던 람다가 쭈그려 앉으며 엡실론과 시선을 마주했다.

"그건 내가 잔반을 남기지 않아서 그래."

힘을 빼앗긴 존재는 단 하나도 빠짐없이 죽였다.

그렇기에 누구도 그녀의 진정한 능력을 알지 못했다.

"……이이!"

분노에 휩싸인 엡실론이 얼굴을 분노로 붉게 물들이며 노려봤으나, 람다는 그의 눈 위에 손을 얹으며 작별을 고했다.

"잘 가, 엡실론. 맛있었어."

그리고 그 순간.

엡실론의 죽음과 함께 창조된 세계 또한 붕괴되었다.

엡실론의 세계가 붕괴되며 원래의 세상이 주위에 펼쳐졌다.

그러나 신유철의 시선은 한 곳에 집중되어 떨어질 줄 몰랐다.

'이거 참.'

람다의 몸에서 피어오른 거대한 음기가 아수라의 형상을 띠고 있었다.

'그야말로 지옥의 나찰이로구나.'

절대로 가만히 놔둬서는 안 될 존재였다.

왕국을 종말로 이끌지 모를 후환을 모른 체할 순 없었으니 말이다.

그러나 한편으론 고민이 되었다.

저 나찰을 처리하기 위해선 분명 희생이 따를 것이다.

거기에 자신의 손자가 포함될 가능성은 다분했다.

그로 인해 신유철이 고민을 거듭하고 있을 때.

람다가 손뼉을 시선을 집중시켰다.

"자, 그럼 오늘은 여기까지 할까?"

맥 빠지는 소리에 모두가 당황해했지만, 람다는 대수롭지 않다는 듯 말을 이어 갔다.

"누가 죽을지도 모르는 싸움은 별로 하고 싶지 않거든. 나는 안전 제일주의라서 말이야."

애초에 신유철을 본 그 순간부터 싸울 생각이 없었던 람다였다.

마음에 들지 않은 엡실론의 힘을 흡수한 것만으로 만족스러웠고 말이다.

그러니 애꿎은 분쟁을 자처할 생각은 추호도 없었다.

"그건 그쪽도 마찬가지겠지?"

신유철이 고민할 수밖에 없었던 이유는 이미 파악을 끝마친 뒤였다.

그리고 선택을 종용할 요소는 한 가지가 더 남아 있었다.

"이렇게 가만히 있을 여유도 없잖아? 당장 한 사람이라도 살리는 게 좋지 않겠어?"

람다는 불타고 있는 수도를 가리켰다.

그녀와 허남재를 제외한 모두가 표정을 굳히며 어떠한 대답도 꺼내지 않았으나, 람다는 오히려 미소를 지었다.

인간들이 선택할 수 있는 건 하나뿐이었으니 말이다.

"그럼 동의한 것으로 알게. 가자."

람다는 대놓고 등을 보이며 수하와 함께 멀어져 갔다.

하지만 어느 누구도 뒤쫓지 않았다.

나찰의 처치보다 더 중요한 일이 산재해 있었기 때문이다.

"그래도 상황이 잘 풀린 거 같구나. 안 그런가, 대장군?"

"네, 상왕 전하."

"모두 수고 많았네. 염치없지만…… 이 늙은이가 한 가지 부탁을 해도 되겠는가?"

"하명하십시오."

백성엽을 비롯해 근위대가 고개를 숙이며 상왕의 명을 기다렸다.

그들을 가만히 바라보던 신유철이 씁쓸한 얼굴로 말했다.

"그대들이 내 손주를 맡아 주었으면 하네."

신유철의 말에 대장군이 미간을 찌푸렸다.

"그 무슨 말씀이십니까?"

"나는 아직 할 일이 남아서 말일세."

"그 일은 저희가 맡겠습니다. 그러니 상왕 전하께선 국왕 전하와 함께 신평으로 가시지요."

백성엽이 자신 있게 말했으나 신유철은 고개를 흔들었다.

"아니, 그럴 수 없네. 이는 온전히 내가 해야만 하는 일일세."

신유철이 불타는 수도를 바라보며 말을 이어 갔다.

"왕가 중 누군가는 끝까지 남아 있어야 하지 않겠는가?"

천일은 왕국의 수도이기 이전에 신씨 가문의 도시였다.

나찰과의 전쟁 당시에도 선조들이 꿋꿋하게 지켜 낸 터전.

그런 보금자리를 버린다면 이후 선조들을 뵐 면목이 없을
것이다.

"그리고 내 평생의 전우가 홀로 분투하고 있는데, 어찌 혼
자만 살겠다고 도망갈 수 있겠는가?"

"전하……."

"자네들은 이해해 주리라 믿네."

"……."

백성엽과 근위대 중 그 누구도 반대 의사를 내비치지 못했다.

단순히 왕가의 책임을 다하기 위함이 아님을 밝혔기 때문
이다.

한 가문에 속한 자로서, 그리고 무인으로서.

평생을 함께해 온 전우의 곁에 서겠다는 의지를 만류할 수
없었다.

그에게 도망가라 말하는 것은 씻을 수 없는 치욕을 안기는
것이었으니 말이다.

그렇게 모두가 수긍하며 뒤로 물러나자 신유철은 손자에

게로 시선을 돌렸다.

"왕궁 앞에서의 일은 잘 보았다."

홍등가의 기생들과의 일을 이야기하는 것이었다. 오래전 과거부터 썩어 문드러져 온 왕국의 치부. 그 오명을 손자에게까지 물려준 것이 오래도록 후회로 남아 있었다.

"힘든 시국에 국왕이 되어 버렸구나. 내가 더 잘했어야 했는데, 못난 할애비 탓에 네가 고생하는구나."

신유철은 씁쓸하게 웃은 뒤 손자의 어깨를 토닥였다.

"이런 나라를 물려주고 떠나 항상 마음이 무거웠다. 그럼에도 좋은 왕이 되어 주어 고맙구나."

"아닙니다. 할아버님은……."

후회와 미안함이 잔뜩 느껴지는 할아버지의 음성.

이에 신유민은 괜찮다고, 걱정하지 말라고, 당신은 좋은 국왕이었다고 말해 주고 싶었다.

하지만 끝내 말을 잇지 못하고 고개를 숙였다.

뻔한 위로는 의미가 없었고, 오히려 할아버지의 마음을 더욱 아프게 만들 뿐이었으니 말이다.

신유철은 그런 뜻을 이해한다는 듯 손자의 손을 잡았다.

"그러니 이번이라도 제대로 된 왕 노릇을 해 보려 한다. 너는 미래를 위해 떠나거라."

그리고는 미소와 함께 몸을 돌리며 수도 천일을 향했다.

"네 적은 내가 다 죽여 줄 테니."

그것이 과거의 죄를 씻는 유일한 방법이었다.

◆ ◈ ◆

낙월검법(落月劍法).

현재는 사장되어 이름만 남은 무공.

하지만 인류가 존속할 수 있었던 것도, 지금의 영광을 누릴 수 있는 것도 모두 그 덕분임은 부정할 수 없는 사실이다.

그러한 기본을 형성해 준 것이 바로 극양신공(極陽神功).

스스로를 불태워 주변을 밝히는 초와 같이 체내의 양기를 불태워 강력한 힘을 손에 넣는 심법이었다.

하지만 강력한 힘에는 반드시 그에 따른 대가가 수반되는 법.

종전과 함께 극양신공이 잊히게 된 것도 단명이라는 부작용이 뒤따랐기 때문이다.

그렇기에 손자가 일취월장한 이유를 깨달은 뒤 사용의 자제를 경고한 것이다.

고작 약관도 되지 않은 손자가 미래를 포기한 채 희생할 이유 따윈 없었으니까.

그러나 일련의 사건들을 겪으며 이강진의 생각엔 서서히 변화가 일어났다.

어찌하여 희생을 무릅쓰며 발버둥 쳐 왔는지, 무엇이 그토록 손자를 불안하게 만들었던 것인지.

그리고 결점이 극명한 극양신공을 고집한 이유는 무엇인지.

서하의 절실함을 온전히 이해하게 된 것이다.

변화의 방점을 찍은 것은 양천 습격 사태였다.

평생을 함께해 온 동료이자 가족이나 다름없는 허운이 죽다 살아났다.

더 이상 일부 나찰의 난동으로 치부할 수 없는 일이었다.

손자의 말대로, 또다시 인간과 나찰의 전쟁이 발발할 것은 기정사실이나 마찬가지였다.

그로 인해 극양신공을 다른 시선으로 바라보게 되었다.

손자가 두려워할 정도의 나찰이라면, 그들을 베어 낼 양기가 필요할 테니까.

그리고 굳이 극양신공의 전수를 부탁할 필요도 없었다.

손자가 운용하는 것을 직접 보며 원리는 파악하고 있었으니 말이다.

'주목적은 양기의 폭주.'

양기와 음기의 조화를 인위적으로 깨뜨려 폭주를 일으키는 것.

그것이 극양신공이었다.

하지만 단순한 원리와 달리, 위력은 상상 이상이었다.

이강진은 자신의 몸을 살피며 너털웃음을 흘렸다.

"양기 폭주에 중독되면 빠져나올 수 없다고 하더니."

여태껏 경험해 보지 못한 기운이었다.

마치 수십 년은 젊어졌다 해도 무방할 만큼 강대했으니까.

"이제 그 이유를 알 것만 같구나."

어쩌면 신마저 벨 수 있지 않을까 하는 착각이 들 정도였다.

도달할 수 없으리라 여겼던 입신경 완숙의 경지에 올라선 것이었다.

이윽고 이강진의 몸에서 뿜어져 나오던 황금빛 기운이 그를 감싸기 시작했다.

"그럼……."

그와 동시에 내디딘 한 걸음.

그러나 작은 발걸음에 대지가 두려움에 빠진 듯 몸을 떨었다.

로와 시그마 또한 저도 모르게 한 발짝 뒤로 물러나며 거리를 유지했다.

생명체라면 누구나 품고 있는 죽음의 공포에 반응한 것이었다.

그런 둘을 바라보며 이강진은 미소를 지어 보였다.

"너무 빨리 망가지지 말아라."

이 힘을 최대한 즐기고 싶으니까.

로는 입신경 완숙의 경지에 들어선 이강진을 보며 미간을 찌푸렸다.

'고작 100년도 살지 못하는 존재가…….'

절대다수의 인간은 평범하게 태어나, 별다른 빛을 발하지도 못하고 삶을 마감했다.

나찰에겐 별 볼 일 없는 존재나 다름없었다.

그러나 인간을 저열하다고만 여겨서는 안 됐다.

그에 대한 결과는 이미 역사로 증명되지 않았던가.

간혹 하찮은 인간 사이에서 변종이 태어났고, 그들은 예상을 벗어난 결과를 만들어 냈다.

평범한 이들을 규합했고, 중심이 되어 승리를 쟁취했다.

과거 나찰이 전쟁에서 패배해 지금처럼 숨어 살게 된 것도 모두 그 때문이었다.

'그러나……'

시야를 달리해 바라보면 인간의 약점이기도 했다.

'인간은 구심점(求心點)에 의존하는 존재.'

그것이 사회를 이루는 구조였으니, 중심을 이루는 기둥만 무너뜨린다면 인간의 멸종은 순식간이었다.

'선생이 옳았다.'

로는 두려움을 이겨 내며 맞은편의 존재를 마주 보았다.

무슨 수를 써서라도 이강진을 죽여야만 한다.

그것이 계획을 완성시킬 마지막 수가 될 것이었다.

이는 로만의 생각이 아니었다.

"쿠오오오오오!"

발난타 역시 전율하며 이강진의 머리 위를 맴돌고 있었다.

기회는 지금뿐.

'저 힘에 익숙해지기 전에······.'

전력을 다해 이강진을 제거한다.

"시그마!"

로의 외침에 시그마가 정신을 차렸다.

"······로 영감."

"선생의 명령 중 두 번째는 무시하게. 그럴 상대가 아니네."

선생의 두 번째 명령.

살아남아 복귀하라.

두 명령을 동시에 수행하는 건 불가능한 일이었다.

그렇다면 둘 중 무엇이 최선인지를 판단해야 할 때.

"지금부터 우리는 첫 번째 명령만을 수행한다."

설령 자신과 시그마가 죽더라도 이강진을 제거할 수 있다
면 이득이 되는 거래였다.

"자, 전력으로 가자."

로는 남아 있는 모든 기운을 폭발시키며 이강진을 향해 날
아갔다.

대참격(大斬擊).

이제부터 수 싸움은 의미가 없다.

전력을 담지 않은 공격은 힘을 낭비할 뿐이니까.

그렇기에 로는 모든 일격에 혼신을 담았다.

그와 동시에 시그마가 뒤에서 공격해 들어갔다.

'도망칠 구멍은 없다.'

이강진이 아무리 강하다고 한들 모든 방향에서 들어오는 공격은 막을 수 없으리라.

하지만 그것이 착각이었음을 깨닫는 덴 그리 오랜 시간이 걸리지 않았다.

"재밌구나."

이강진은 미소와 함께 손을 들어 참격을 막아 냈다.

진심을 담은 공격이었음에도 외부의 양기조차 뚫지 못한 것이다.

"······!"

그제야 로는 알아챌 수 있었다.

자신 역시도 인간에 대한 편견을 지우지 못하고 있었음을 말이다.

눈앞의 이강진은 인간의 규격을 벗어난 존재였기에 상식이 통하지 않는다는 것 역시도.

뒤늦은 깨달음의 대가는 치명적이었다.

이강진은 로를 시그마에게 내던지며 쏟아지는 운석으로 시선을 돌렸다.

"갈(喝)!"

강대한 기의 폭발로 인해 거대했던 운석은 산산조각 나 비처럼 쏟아졌다.

이강진의 시선은 그 사이를 뚫고 발난타에 고정되었다.

"저것부터 처리해야겠구나."

귀찮은 것도 그렇지만, 놈이 살아 있는 이상 도시의 피해가 늘어날 것은 불을 보듯 뻔했다.

굳이 후환을 남겨 둘 필요는 없는 일.

마음을 굳힘과 동시에 이강진이 검을 아래로 내리며 자세를 잡았다.

일검류를 수없이 날려도 죽이지 못했던 마물.

그러나 지금은 이야기가 달랐다.

애검 혈염산하(血染山河)에 양기가 깃들며 검신이 울음을 토해 내고.

일검류(一劍流), 패천검(敗天劍).

검신이 허공을 가름과 동시에 한순간 세상이 황금빛에 물들었다.

얼마 지나지 않아 원래의 색을 되찾았을 때.

"……!"

로와 시그마, 두 나찰은 마른침을 삼킬 수밖에 없었다.

둘을 날려 버릴 정도로 강력했던 충격파로 인해 대지는 초토화되었다.

왕궁을 감싸던 담장이 흔적도 없이 사라졌고, 몇몇 남은 기둥은 화려했던 편전의 자태를 짐작케 할 뿐이었다.

쿵!

뒤이어 거센 소리를 동반하며 무언가가 추락했다.

정확히는 비명조차 지르지 못하고 반으로 쪼개진 발난타

의 시체였다.

마물이, 그것도 반야급 마물이 단 일격에 죽어 버린 것이다.

이마저도 당황스럽건만, 아직 더 놀랄 일이 남아 있었다.

로와 시그마의 시선이 발난타를 떠나 서서히 그가 있던 곳으로 향했다.

이내 시야를 사로잡은 것은 한 선을 기준으로 두 쪽이 나 버린 하늘.

"……."

하늘을 벤다는 건 그저 비유적으로 사용하는 표현이었을 뿐이다.

그러나 지금 이 순간.

이강진의 검은 진실로 하늘을 갈랐다.

말 그대로 하늘을 부숴 버린 것이다.

전설상으로만 일컬어지던 것을 직접 목도한 직후.

로와 시그마는 한 치도 다를 바 없는 반응을 내비쳤다.

발난타의 시체 앞에 서 있는 이강진을 멍하니 바라보는 것.

그것이 둘이 할 수 있는 최대한의 표현이었다.

인외의 존재를 세상의 언어로 형용할 수는 없었으니 말이다.

반면 터무니없는 결과를 만들어 낸 장본인은 지극히도 태연했다.

"왜 그러나? 겁에 질린 것처럼."

오히려 기대에 못 미쳐 실망스럽다는 태도였다.

"내 분명 망가지지 말라 했을 텐데."

시그마는 마른침을 삼키며 자리에서 간신히 몸을 일으켰다.

그러나 손의 떨림을 주체하진 못했다.

새하얗게 질린 얼굴과 더불어 입술은 의지에 반해 파르르 떨렸다.

약 500년 전, 인간들에게 끌려다니며 구경거리로 전락했던 때의 기억이 머릿속을 가득 채웠기 때문이다.

오래전 일이기에 무뎌졌다 여겼는데, 아니었다.

인간을 향한 공포.

한번 뿌리박힌 두려움은 여전히 심중에 남아 있었던 것이다.

공포는 이내 수치심으로 돌변했다.

다시 한번 인간에게 겁을 먹었다는 것에 한심해 미칠 지경이었다.

그렇게 부정적인 감정이 서서히 정신을 잠식해 갈 무렵.

뿌득!

시그마가 이를 악물며 혼란한 내면을 통제했다.

"누가……."

비루했던 과거의 나는 더 이상 존재하지 않았다.

나는 재앙(災殃).

인간의 모든 행복을 빼앗은 재앙으로 존재해야만 한다.

"망가진다는 것이냐!"

시그마가 음기를 폭발시키며 분노를 표출했다.

"정신 차려라; 시그마. 꼴사납다."

로가 차분한 목소리로 진정시키려 했으나, 그럴 필요는 없었다.

"걱정 마라, 영감. 난 그 어느 때보다 냉철하니까."

울분의 세월을 분노로 견뎌 왔기에.

뜨거운 격노는 외려 냉정한 이성을 되찾게 만들어 주었다.

"그보다 방법은 있나? 이대로 불나방처럼 달려들어 봐야 발난타 꼴이 될 텐데."

"방법이라……."

시그마가 예상보다 차분한 상태라는 것에 안도하며 로는 다음 순서를 떠올렸다.

냉정하게 상황을 고려하면, 몇몇의 선택지 중엔 나름 가능성이 보이는 게 하나 있었다.

"자네도 알고 있는 방법일세."

대인간 전쟁을 겪어 봤기에, 이보다 나은 방법은 찾기 힘들었다.

"시간을 끌지."

극양신공(極陽神功).

인간이 반전을 도모하게 만들어 준 무공이었으나, 그에 따른 폐단 또한 극심했다.

엄밀히 말하면 양천에서 허운을 상대했을 때와 다를 바가 없다는 뜻이었다.

"저 상태로는 얼마 못 버틸 것일 터."

입신경 완숙의 경지.

이강진은 단순히 별호가 아닌 정말로 무신(武神)의 경지에 오른 것이었다.

허나, 언제까지 저 경지를 유지할 수 있을까?

"버티기만 하면, 승리는 우리 것이네."

수많은 마물들이 다가오고 있었다.

발난타를 일격에 죽였으니, 단순한 일격이라고 볼 수 없었다.

그리고 아무리 입신경 완숙의 경지라 해도 완벽한 신이 아닌 이상 사용에 제한이 있을 것이다.

그러니 버티기만 하면 승산은 충분했다.

마물 한 마리당 일각의 시간을, 아니 두세 번의 공격만 받아 주더라도 이강진은 알아서 고꾸라질 테니까 말이다.

이강진 역시 그 사실을 알고 있었기에 하늘을 바라보는 표정엔 그림자가 드리워져 있었다.

"퓌요오오오오오!"

매 한 마리가 공중을 돌고 있었으며 마치 구름과도 같은 어두운 기운, 그리고 불꽃을 두른 인간 형태의 마물이 다가오고 있었다.

'아무래도……'

이 싸움이 인생의 마지막일 것임을 직감한 것이다.

부작용이 확실한 극양신공을 운용했고, 기준치 이상의 양기를 바꾸어 사용하고 있었다.

지금 서 있는 것도 그간 쉬지 않고 임해 왔던 수련 덕분이었다.

평범한 무사였다면 이미 장기가 녹아내려 전투 불능이 되었어도 이상하지 않을 상황.

아무리 이강진이라도 전투가 끝난 이후를 장담할 수 없었다.

허운이나 신유철 같은 기연을 기대하기도 어려웠으니까.

그러니 마지막인 이상 더욱 강하게 불태울 생각이었다.

무신이란 칭호에 걸맞은 최후를 맞이하기 위해.

그때였다.

"저리 가! 저리 가! 이 귀찮은 것들!"

어린아이의 투정이 들리며 거대한 덩치의 마물이 모습을 드러냈다.

놈은 황금빛을 두른 무사들에 의해 속절없이 밀리고 있었다.

그 직후 두 사람이 모습을 드러냈는데…….

"할아버님. 괜찮으십니까?"

이서하.

자신의 손자가 눈앞에 서 있었다.

그 옆에는 손주며느리인, 아직 결혼식을 올리지 않았지만, 아린 또한 함께였다.

"서하? 아린이까지?"

두 사람이 왜 여기에 나타났는지 이해가 되지 않아 당황스러워할 때, 손자는 미소를 지으며 답했다.

"도와 드리러 왔습니다."

"날 도우러? 네가?"

손자의 답변에 이강진은 순간 어이가 없었다.

그러나 이내 껄껄 웃으며 손자 이서하의 머리를 쓰다듬었다.

"그렇지. 우리 서하가 왕국 최강의 무사인데, 당연히 도움을 받아야지."

나름 대견하긴 했지만, 나약하기 그지없던 손자였다.

한상혁과 유아린에 비할 수 없으며, 한계 또한 명확한 범재.

그러나 두려움과 절박함을 발판 삼아 성장을 이루어 냈고, 훌륭하게 무인이 되어 눈앞에 서 있었다.

미약했던 손자가 지금에 이르기까지 어떤 과정을 거쳐 왔는지 알기에.

당당하게 돕겠다는 모습에 만감이 교차할 수밖에 없었다.

대견함과 기특함, 안쓰러움과 애틋함.

그 모든 감정을 담아 손자의 진심을 받아 주었다.

"너에게 내 등을 맡기마."

이강진은 그 어느 때보다 행복한 미소로 머금은 채 로와 시그마에게로 시선을 돌렸다.

'이보다 좋은 마지막은 없겠구나.'

그토록 바랐던 진정한 신의 경지에 올라 마지막 무대에서 춤을 추려던 때였다.

그 순간을 손자와 함께 즐길 수 있다면 더 바랄 것이 있을까?

여한이 있다면 아마도…….

"그러니 잘 보고 배우거라."

마지막으로 손자와 함께하는 수업.

부디 이 시간이 서하에게 의미 있게 남길 바랄 뿐이었다.

Chapter 127.

나찰들이 떠난 후.

정해우는 여전히 수도를 내려다보고 있었다.

발난타가 떨어지고 수많은 마물이 이강진을 향해 몰려들고 있었다.

그 와중에도 시민들은 사자(死者)가 된 이웃들에게 쫓겨 우왕좌왕하다 죽어 갔다.

모두가 한때는 정해우의 백성들이었다.

하지만 정해우는 마치 불구경하듯 아무런 감정 없이 대학살극을 바라볼 뿐이었다.

모두 자업자득이었기 때문이었으니까.

더 강한 자가 약한 자를 착취하는 게 인간들이 이어 온 역사.

왕국 또한 다를 바 없었다.

자신들의 이득을 위해 전쟁을 일으켰다.

나찰을 학살하고 노예로 삼았으며, 산족과의 동맹을 일방적으로 파기해 그들을 산속으로 밀어 넣었으며 동부 왕국과 숱한 전투를 펼치며 피의 역사를 이어 갔다.

'그 덕에 잘 살아왔지.'

다른 이들의 피로 농사를 짓고, 눈물로 번영을 일궈 냈다.

그러니 불쌍해할 필요 없다.

이번엔 저들의 차례일 뿐.

모든 것은 자연의 섭리일 뿐이었다.

그렇게 생각하던 정해우는 인기척을 느끼고 뒤를 돌아보았다.

"오셨습니까?"

"응, 생각보다 시간이 지체되어서."

부드러운 목소리.

누구라도 호감이 갈 만한 외모의 청년이었다.

하지만 백발과 붉은 눈, 그리고 머리에 돋아난 네 개의 뿔은 그가 나찰임을 알려 주었다.

이윽고 정해우의 옆으로 다가선 청년은 수도를 내려다보기 시작했다.

"내가 너무 늦었나?"

"……아직 늦지는 않았습니다."

"아직은이라. 그럼 서둘러야겠네?"

청년은 미소를 지었다.

날카로운 송곳니 때문인지 더욱 천진난만하게만 보였다.

"그래 주셔야 할 것 같습니다. 이대로라면 로와 시그마, 두 사람이 위험할지도 모릅니다."

"에이, 너무 걱정하지 마. 둘 다 튼튼하니까. 그래도 선생이 걱정하게 놔둘 수는 없으니……."

청년은 정해우의 어깨를 두드리고는 절벽 아래로 한 발을 내밀었다.

"금방 끝내고 올게."

그 순간 청년의 양쪽 어깨에 새하얀 날개가 펼쳐졌다.

이후 마치 한 마리의 새처럼 하늘을 날아 수도로 향했다.

정해우는 그런 청년을 바라보며 작게 읊조렸다.

"알파."

태초의 나찰.

그는 그 어떤 나찰보다 더 오랜 세월을 산 존재였다.

◆ ◈ ◆

아린이를 만난 직후.

수도의 정중앙, 왕궁에서 거대한 기둥이 솟구쳐 올랐다.

하늘을 뚫고도 잠잠해질 기색이 없는 거대한 기운.

그로 인해 찰나의 순간 사고가 마비되었다.

'저것은……!'

거대한 기둥이 양기의 결정체임은 멀리서도 알아볼 수 있었다.

또한 극양신공에 의해 벌어진 현상이란 것도.

'대체 누가…….'

저 정도의 위력을 뿜어낼 존재가 있었나?

강한 의문이 뒤따랐으나, 답은 금세 찾아낼 수 있었다.

'왕국에서 저럴 수 있는 존재는 한 사람밖에 없지.'

할아버지, 철혈 이강진뿐이었다.

불안감이 엄습한 것도 바로 직후였다.

'망할!'

북문에서도 느껴지는 강대함.

할아버지가 뿜어내는 양기가 그만큼 거대하다는 말이나 다름없었다.

할아버지는 음양의 조화가 극단적으로 무너진 상태라는 말이며, 큰 부작용이 뒤따를 것이라는 뜻이기도 했다.

'어서 싸움을 끝내야 한다!'

제아무리 무신이라 불리는 할아버지라도, 결국은 인간의 몸이다.

심로신법을 익힌 지율이조차도 생원과가 없었다면 이미

죽은 목숨이다.

하물며 나처럼 적오의 심장을 복용한 것도 아니다.

지금처럼 극양신공을 남발하면 몸이 남아날 리 없었다.

설령 로와 시그마, 거기에 다른 마물들까지 제거한다 해도 할아버지 또한 자멸하게 될 것은 틀림없었다.

'그것만은 막아야 한다.'

소중한 사람을 잃고 싶지 않다.

절대로 그렇게 되도록 내버려 두지 않을 것이다.

그렇게 서둘러 움직이려 할 때.

"죽어어어어어!"

어린아이가 투정을 부리듯 어눌한 발음과 함께 불가사리가 앞을 막아섰다.

거대한 덩치에도 속도는 결코 느리지 않았다.

"하필 이럴 때……."

마음은 급한데, 그렇다고 뚫고 지나갈 수도 없었다.

내가 떠나면 곧장 수도를 파괴하는 데 시선을 돌릴 테니까.

어떻게든 녀석을 빠르게 제거하는 게 최선이었다.

"가자, 아린아."

"맡겨 둬!"

아린이는 음기를 폭발시키며 불가사리를 향해 달려들었다.

"얼어라. 고철 덩어리."

"쿠어어어!"

안면이 얼어붙자 불가사리가 비명을 지르며 뒷걸음질 치기 시작했다.

하지만 단지 그뿐이었다.

불가사리에게 치명타를 입히고 제압할 수 있는 건 오직 불로만 가능했으니 말이다.

그렇기에 나는 즉시 불가사리의 정수리를 향해 검을 내려꽂았다.

일검류(一劍類), 일섬(一閃).

천광이 불가사리의 정수리를 뚫고 들어갔다.

곧바로 염제의 반지에 기운을 불어넣었다.

"죽어!"

염제의 반지가 빛을 내며 거대한 불길이 불가사리의 정수리를 파고들어 갔다.

불길이 흡수되며 머리가 팽창하기 시작했다.

"다들 조심해라!"

시광대에 명을 내리는 것과 동시.

펑! 하는 소리와 함께 불가사리의 머리가 산산조각이 났다.

투석기가 쏘아 낸 것만 같은 강철이 주변을 초토화시키며 흙먼지가 피어올랐다.

아린이와 함께 바닥에 착지한 나는 뿌연 허공을 지그시 응시했다.

죽었을까?

그랬다면 좋았겠지만…….

"제길……."

현실이 호락호락할 리가 없었다.

천천히 내려앉는 흙먼지 사이로 보이는 불가사리의 모습.

산산조각 났던 파편이 한곳으로 모이며 다시금 머리 형태를 되찾아 가고 있었다.

'한 번으론 안 되는 건가.'

불가살(不可殺).

이름 자체가 죽일 수 없음을 뜻했으니, 단순히 머리를 터트리는 것만으론 한계가 있었던 것이다.

더군다나 머리가 사라진 탓인지, 아니면 분노로 흥분한 탓인지 전보다 더욱 거칠게 주변을 초토화시키기 시작했다.

붕! 붕! 붕!

불가사리가 거대한 팔을 휘두를 때마다 강철 파편이 사방으로 날아갔다.

그 때문에 애꿎은 시민들과 이들을 대피시키던 무사들의 피해가 가중되고 있었다.

그렇다면 이젠 남은 수는 하나뿐이었다.

"시광대 전원! 놈을 밀어붙여라!"

할아버지가 있는 곳.

왕궁으로 불가사리를 끌고 간다.

바로 전장을 한곳으로 제한시키는 것.

할아버지를 살피면서 시민들의 대피까지 모두 염두에 둔
수였다.

"좋습니다!"

진유화는 버럭 소리를 지르며 불가사리의 팔 위로 올라타
며 있는 힘껏 어깨를 베었다.

"모두 불나방처럼 달려들자!"

"우오오오오오!"

뒤이어 황금빛 무사들이 사방에서 불가사리를 휘몰아쳤다.

불가사리는 귀찮은 듯 손을 휘저었다. 그 모습이 마치 벌
레를 내쫓는 인간과 같다.

죽지는 않지만 그래도 아픔은 느끼는 모양이다.

머리의 밑부분, 입이 재생되자 불가사리가 비명을 질렀다.

"저리 가! 저리 가! 이 귀찮은 것들!"

시끄럽다.

나는 높이 도약해 있는 힘껏 검을 휘둘렀다.

낙월검법(落月劍法), 천양겁화(天壤劫火).

재생 중이던 머리가 불꽃에 휩싸이며 다시 녹아내리기 시
작한다.

그렇게 천천히.

불가사리를 의도한 방향으로 밀어붙이길 한참.

마물에게 둘러싸여, 나찰과 마주 보고 있는 할아버지가 시
야에 들어왔다.

"시광대는 불가사리를 붙잡아 두는 데 집중하도록!"

제압은 불가능하니 일단 구역을 벗어나지 못하게끔 붙잡아 현상을 유지한다.

처리는 급한 불부터 끄고 해도 늦지 않을 테니까.

그렇게 별도 지시를 내린 나는 아린이와 함께 할아버지의 곁으로 향했다.

"할아버님. 괜찮으십니까?"

"서하? 아린이까지?"

놀란 눈으로 나와 아린이를 번갈아 보는 할아버지.

그런 할아버지의 얼굴과 파괴된 수도의 광경이 겹치며, 문득 회귀 전 기억이 떠올랐다.

왕국을 버리고 제국으로 도망쳐 떠돌아다니던 시절.

나는 과거에 대한 후회를 떨쳐 내지 못했다.

무신의 손자로 태어나 기대를 한 몸에 받았다.

그러나 기대를 충족시키기는커녕, 제 한 목숨 보전하기 위해 도망 다니는 것만도 벅찬 처지였다.

그렇기에 내가 이루지 못한 것에 대한 아쉬움은 짙게 남았고.

잠에 들 때면 홀로 상상에 나래를 펼쳤다.

못나고 나약한 삼류 따위가 아니었다면.

열심히 수련해 청신에 걸맞은 선인으로 거듭났더라면.

이 나라의 정점인 무신(武神)의 옆에서 함께 싸울 수 있지 않았을까?

할아버지와 서로 등을 맡긴 채 같은 전장을 누비고 나찰을 베며 전설을 써 내려가지 않았을까?

구국의 영웅이자 가문의 이름을 드높인 위인으로 역사에 길이 남을 수 있지 않았을까?

그런 상상을 하며 잠에 들었다.

하지만 아침을 맞이하면 상상 속 신화는 허상으로 전락했다.

실상은 한심한 패배자에 지나지 않았으니까.

극도의 무기력함과 패배감에 몸부림치기 바쁜 그저 그런 범인일 뿐이었다.

그랬던 과거와 달리.

상상이 눈앞에 현실로 펼쳐졌다.

꿈속에서만 존재했던 '선인 이서하'가 되어 '무신 이강진'을 마주하고 선 것이다.

그렇기에 마음속에 고이 간직해 왔던 한마디를 조심스레 꺼냈다.

"도와 드리러 왔습니다."

이것이 꿈이 아닌 현실이길 바라며.

상상으로만 그려 왔던 것을 직접 이룰 수 있다는 기대감을 품으며.

그에 대한 할아버지의 첫 반응은 당황이었다.

"날 도우러? 네가?"

그러나 이내 껄껄 웃으시며 머리를 쓰다듬어 주셨다.

"그렇지. 우리 서하가 왕국 최강의 무사인데, 당연히 도움을 받아야지."

왕국 최강의 무사.

그 말에 나는 주먹을 움켜쥐었다.

무수히 들어 본 칭찬이었고, 이제는 익숙해진 칭호였다.

그러나 말하는 주체가 철혈 이강진이기에, 그 의미는 남다를 수밖에 없었다.

회귀 후 할아버지를 처음 만난 건 15살을 맞이하는 신년 때.

그때부터 지금에 이르기까지 모든 과정을 봐 오셨고, 도움을 주신 분.

또한 남들이 일컫는 것처럼 천재가 아니며, 내가 수많은 노력과 헌신을 바탕으로 결과를 만들어 냈음을 알고 있는 사람.

그렇기에 할아버지가 말하는 '왕국 최강'은 남들이 말하는 것과 의미가 달랐다.

지금의 나는 회귀 전의 패배자가 아니라는 뜻이었으니까.

"그럼 너에게 내 등을 맡기마."

순간 온몸에 소름이 돋으며 감정이 격하게 복받쳐 올랐다.

'드디어⋯⋯.'

저 한마디를 얼마나 간절히 바라고 갈망했던가.

뒤를 맡긴다는 것은 무사로서 해 줄 수 있는 가장 큰 인정.

이 나라 무의 정점.

무신에게 인정을 받은 것이다.

"그러니 잘 보고 배우거라."

"감사합니다, 할아버지."

수없이 꿈꿔 왔고, 바라 왔던 상상을 마침내 이뤄 냈다.

하지만 감동도 잠시.

나는 간신히 감정을 추스르며 평온을 되찾았다.

인정을 받은 만큼 제 몫을 해내야만 했다.

"저희가 짐을 덜어 드리겠습니다."

위대한 일곱 혈족 둘에 다수의 마물까지.

이중 핵심 하나 정도는 맡아서 처리해야 인정의 값을 치를 수 있지 않겠는가.

"그래, 기대하고 있으마."

할아버지가 동의를 표하는 것으로 대화는 끝이 났다.

그리고 나는 옆에 선 아린이와 함께 우리의 목표를 바라봤다.

그 역시 시선을 마주하며 입꼬리를 올렸다.

"드디어 너와 싸울 수 있겠구나. 이서하."

시그마.

같은 위대한 일곱 혈족으로 통칭하지만, 앞서 상대했던 오미크론이나 엡실론과는 차원이 다르다.

적당한 선에서 이길 수 있으리라는 생각은 버려야 한다.

그의 무력은 경험한 바 있고, 얼마나 두려운지도 뼈저리게 알는 바였다.

하지만 이겨 내야 한다.

저들을 모두 죽이지 않고서는 전쟁이 끝나지 않을 테니까.

시그마의 생각도 나와 크게 다르지 않았다.

"즐길 수 없다는 게 아쉽구나. 대신 최대한 빠르게 끝내 주마."

할아버지에게 당한 게 큰지 시그마는 이를 악물며 나를 향해 달려들었다.

예상보다 더 살기 가득한 돌격이었다.

하지만 그렇다고 움츠러들지 않는다.

오히려 상대를 똑바로 보며 검을 내질렀다.

낙월검법(落月劍法), 이위화(離爲火).

불꽃이 나와 시그마를 휘감았다.

"금방 끝낸다며?"

그와 동시에 아린이가 사각에서 시그마를 향해 파고들었다.

"쯧."

시그마는 귀찮다는 듯 혀를 차며 물러났다.

빠르게 주도권을 잡고 몰아붙이려던 계획이 무위로 돌아갔으니 말이다.

시그마가 벅찬 상대라는 것은 사실이고, 그의 계획이 틀린 것도 아니었다.

하지만 그는 중요한 한 가지를 간과하고 있었다.

조금 전의 나와 지금의 이서하는 같은 사람이면서도 다른 존재라는 것.

무신이 등을 맡긴 이상, 나에게 패배란 존재할 수 없었다.

"그 말 그대로 돌려주마."

무슨 일이 있어도 시그마를 이 자리에 잡아 놓는다.

할아버지에게 접근하는 걸 허용하지 않는다.

'그것이 등 뒤를 맡은 자가 해야 할 일.'

왕국 최강의 무사가 수행할 역할이었다.

◆ ◈ ◆

손자와의 짧은 대화도 잠시.

잠시 소강상태에 접어들었던 전투가 재개되었다.

광명대가 불가사리와 혈투를 벌이고 있고, 시그마가 대열에서 이탈했다.

반면 여전히 수많은 마물을 남아 있고, 일곱 혈족 중 하나인 로는 건재한 상황

그럼에도 이강진은 손자와 손주며느리의 싸움을 바라볼 뿐이었다.

'많이 컸구나.'

시그마를 상대로 밀리지 않는다.

두 사람의 연계는 완벽했고 기술 또한 훌륭했다. 나약했던 어린 시절이 거짓말이었던 것처럼, 손자는 어느새 자신의 청년 시절을 똑 닮아 있었다.

'그래, 이것이 자연의 순리겠지.'

한곳에 정체되지 않고 유유히 흘러가는 강물처럼.

과거는 흘러가고 새로운 흐름이 밀려들며 빈자리를 메운다.

세대의 교체가 자연스럽게 이어지는 것이다.

그렇게 만족감과 함께 한편으론 쓸쓸함을 느끼고 있을 그때.

"빈틈!"

날카로운 목소리와 함께 하늘에서 매 한 마리가 빠른 속도로 강하해 왔다.

이에 맞춰 이강진이 검을 휘두르는 그 순간.

매는 회피와 동시에 여우의 형상으로 바뀌며 불을 내뿜었다.

"꺄하하하하하하하! 다 타 버려라!"

여우가 깔깔거리며 웃어 댈 그때.

"방심하지 마라!"

로의 단호한 외침이 들려왔다.

이에 여우가 고개를 갸웃거리려던 찰나.

"꺄악!"

여우는 비명을 지르며 황급히 모습을 변환했다.

혈염산하가 지척까지 다가와 있었던 것이다.

강렬한 굉음과 함께 무언가가 흙먼지를 일으키며 지면을 훑고 지나갔다

"아파! 껍데기 깨졌어! 너무 아파!"

뒤이어 시야에 잡힌 건 자라 한 마리.

등딱지가 깨진 그는 이리저리 나뒹굴며 고통에 몸부림쳤다.

그렇게 자라가 호들갑을 떨고 있을 때, 어둠이 이강진을 집어삼켰다.

그러나 짙은 깔렸던 어둠이 금빛으로 물들더니 금세 산산조각이 나며 흩어졌다.

이강진은 손바닥만큼 작아진 어둠의 파편을 지르밟았다.

"끄어어억!"

아무리 강한 자라도 어둠으로 감싸 부정적인 감정을 증폭시켜 순식간에 망가뜨리는 마물, 어둑시니.

대단했던 악명과 달리, 말로는 너무도 보잘것없었다.

그로 인해 마물들이 일제히 분노를 표출하며 이강진을 향해 달려들었다.

강철이 날아들고, 화염이 쏘아지며, 사방에서 칼날이 쇄도한다.

"재밌구나."

반면 이강진은 무엇이 그리 즐거운지, 입가에서 미소가 떠나질 않았다.

로는 그 모습을 어처구니 없다는 얼굴로 바라볼 수밖에 없었다.

'진정 가능한 일인가……'

두 눈으로 직접 마주했건만, 이성은 좀체 사실로 받아들이지 못했다.

오랜 세월을 살아남아 마물이 되었고, 일생 동안 마주할 수 없을 만큼 강력한 존재들이었으니 말이다.

난리 법석을 떨고 있지만, 가벼운 언행에 별것 아닌 존재로 착각하는 건 금물이었다.

지구상의 모든 생명체로 변이할 수 있는 존재, 유성신(劉成神).

한때 제국을 공포로 몰아넣었던 재앙 중 하나가 여우의 정체였다.

'한 점의 불씨만으로도 거산을 불태울 수 있건만.'

용암보다 뜨거운 화기도 별다른 효과를 보이지 못했다.

어떤 고수도 흠집 낼 수 없다던 껍질마저 산산이 부서졌다.

게다가 하늘을 이고 땅을 밟는 재앙이라던 발난타는 반으로 쪼개졌으며, 악명으론 뒤지지 않을 어둑시니는 발에 짓눌려 허무하게 죽어 버렸다.

이 모든 게 단 한 사람이 벌인 일이었다.

온몸을 강렬한 황금빛으로 두른 채 누구보다 빛나고 있는 이강진에 의해.

'……이번에도 반복되는 것인가?'

문뜩 1차 나찰 전쟁 다시가 떠올랐다.

그때도 지금과 마찬가지였다.

아무리 강한 바람이 불어도 황금빛 기운은 좀체 꺼지지 않았다.

오히려 더욱 강하게 타오르며 무너지던 인간들을 일으켜

세웠다.

그로 인해 전황은 반전되었고, 역사의 흐름이 뒤바뀌었다.

로는 고개를 들어 올렸다.

"하……. 나 참."

허탈함을 넘어 어이가 없을 지경이었다.

한 인간 때문에 반전이 일어났던 그때처럼.

이 순간에도 변화의 싹이 움트고 있었다.

"이제 너만 남았구나."

수많은 마물을 쓰러뜨리고 자신에게 걸어오는 사람.

마물들의 피를 흠뻑 뒤집어쓴 이강진에 의해.

"미안하다. 손자를 도와야 해서 더는 못 놀아 주겠구나."

이강진은 지체 없이 검을 치켜들었다.

이윽고 혈염산하가 로를 향해 떨어지는 순간.

푹!

누군가의 검이 이강진의 복부를 뚫고 나왔다.

◆ ◈ ◆

시그마와의 전투는 격렬했다.

어쩌면 당연한 일이었다. 위대한 일곱 혈족 중에서도 수위
에 속할 이였으니 쉽게 끝날 리가 없겠지.

아린이가 같이 상대하고 있음에도 이 정도라면, 적이지만

실력만큼은 인정할 수밖에 없었다.

시그마도 같은 심정인 듯했다.

"예상 밖이군. 그저 허울뿐인 명성인 줄 알았는데."

"피차 마찬가지야."

맞붙어 본 것은 이번이 처음이었으니 말이다.

그렇게 찰나의 순간 서로의 감상을 교환한 뒤.

나와 아린이는 또다시 시그마를 향해 달려들었다.

한시라도 빨리 할아버지를 도우러 가야 하는 상황.

상대를 때려눕히는 데만 집중해야 할 때였다.

그러나 그것도 잠시.

"……!"

나와 아린이, 심지어 시그마조차 한순간 우뚝 멈춰 서며 한 곳으로 시선을 돌렸다.

이윽고 마주한 광경에 셋은 말문이 막혀 어떤 말도 꺼낼 수 없었다.

그저 귀신에 홀린 듯 멍하니 바라보는 것이 전부.

지금까지 셋이 치열하게 맞붙었던 것이 애들 싸움이라 느껴질 만큼.

인간의 격을 벗어난 전투가 눈앞에서 벌어지고 있었으니 말이다.

"……."

거대한 마물들이 각자의 능력을 사용해 할아버지를 공격

한다.

하나만 등장해도 왕국을 뒤흔들 존재들이 말이다.

반면 할아버지의 표정은 지극히 차분했다.

마치 마무들의 공격에서 어떠한 위협도 느끼지 않는다는 듯이.

그러면서 수중의 검을 움직였다.

혈염산하(血染山河).

한 번 휘두를 때마다 산과 강이 피로 물든다는 말처럼, 검이 허공을 가를 때마다 세상은 붉은빛으로 물들어 갔다.

그 광경을 두 눈으로 목적하며, 여태 간과하고 있던 요소를 깨달을 수 있었다.

'나만 변한 게 아니었는데…….'

회귀 전, 할아버지는 수도를 공격해 오는 나찰을 단신으로 막다가 돌아가셨다고 들었다.

그리고 원역사와 동일한 상황이 펼쳐졌다.

더군다나 당시보다 나쁘면 나빴지 좋을 리도 없었다.

수많은 마물에 더해 위대한 일곱 혈족까지 상대하고 있었으니 말이다.

그래서 역부족일 것이라 판단했다.

내가 도와줘야 한다고 생각했다.

하지만 지금까지의 판단을 정정해야 했다.

자만에 기인한 오산이었고, 할아버지를 과소평가한 것이

었음을 인정할 수밖에 없었다.

'나는 아직도 미련하구나.'

회귀로 인해 인생이 바뀐 것은 나뿐만이 아니었다.

상혁이를 비롯해 아린이와 화강, 민주와 신평, 배성엽과 수많은 선인들, 그리고 신유민 전하와 왕국까지.

내가 역사를 바꾸며 모두에게도 전과 다른 변화가 일어난 것이다.

그것은 청신과 할아버지 이강진 역시 마찬가지였다.

비록 큰아들과 손자를 잃었으나, 전처럼 모든 것을 잃은 것은 아니었다.

청신동란 참사를 막으며 과거 철혈대의 부장들이 합류했고, 죽어 가던 친우의 병을 고쳤다.

평생토록 가슴속 한으로 남았던 둘째 아들과의 관계 또한 회복했다.

그렇게 삶을 이어 가야 할 의미를 갖게 되었다.

할아버지의 기운이 한 치의 흔들림도 보이지 않는 것도.

일말의 불안감도 느껴지지 않는 이유도 그 때문이었다.

소중한 것을 지키려는 자는 그 어떤 때보다 강해지기 마련이니까.

'지금의 할아버지는……'

모든 것을 잃고 죽을 날만 기다리던 늙은이는 존재하지 않았다.

눈앞의 존재는 무신이란 표현 외에 달리 표현할 길이 없는 무(武)의 정점.

극양신공을 익혀 진정한 신의 경지에 다다랐으며, 압도적인 검무로 피의 향연을 벌이는 철혈(鐵血) 이강진만이 있을 뿐이었다.

모두가 넋을 놓고 그 모습을 멍하니 바라보고만 있을 때.

"제길!"

그중 가장 먼저 정신을 차린 건 시그마였고, 상황을 인지함과 동시에 욕지거리를 내뱉었다.

마물의 대부분이 죽었고, 가까스로 살아남은 이들은 전의를 잃은 채 사방으로 흩어지기 바빴기 때문이다.

그로 인해 할아버지의 앞에 남은 이는 단 한 사람.

로뿐이었다.

"로오오오!"

사태의 심각성을 감지한 시그마는 흥분한 얼굴로 돌진했다.

이를 가만히 지켜보고 있을 이유는 없었다.

나는 그의 앞을 막아서며 천광을 휘둘렀다.

이윽고 쾅! 하는 소리와 함께 두 발이 땅에 박히고 양팔이 덜덜 떨린다.

뼈가 울릴 만큼 저릿한 충격까지 이어지며 시그마의 강함을 다시 한번 체감할 수 있었다.

그리고 강력한 공격은 쉴 새 없이 날아들었다.

"꺼져라!"

나를 노려보는 눈빛에 잔뜩 어려 있는 분노.

다급한 외침에선 흥분과 간절함이 묻어 나왔다.

그만큼 시그마가 절박하다는 뜻이었다.

그러나 그것이 비단 그만 느끼는 심경일까?

"착각하지 마. 간절한 것은 나 역시 마찬가지니까."

등 뒤를 맡은 이상 길을 열어 줄 수는 없다.

그 외에도 막아야 하는 이유는 분명했다.

얼마나 많은 사람이 죽었는가?

그리고 또 얼마나 많은 사람이 죽어 갈까?

참혹했던 미래를 되풀이할 생각은 결단코 없다.

"절대 네 뜻대로 되도록 내버려 둘 생각은 없다."

물러서선 안 되며, 무슨 일이 있어도 버틴다.

가능하다면 로와 시그마를 죽이는 것까지 노린다.

이후를 위해서도 그것이 최선일 테니까.

그렇게 생각하는 순간이었다.

푹!

검이 피육을 꿰뚫는 소리가 울려 퍼짐과 동시에 시그마의 표정에 변화가 일었다.

강렬하게 나를 몰아붙이던 기세까지 거두며 뒤로 물러났다.

갑작스런 변화에 나는 확신을 품었다.

'로를 처리하셨구나.'

미친 듯이 달려들던 행동을 멈췄다면, 그럴 이유가 사라졌다는 말이지 않겠는가.

나는 승리를 확신하며 고개를 돌렸다.

"할아버……지?"

그러나 나는 말을 끝까지 이어 갈 수 없었다.

아니, 마치 둔기로 머리를 맞은 것처럼 머릿속이 새하얘져 생각하는 것 자체가 불가능했다는 것이 맞을 것이다.

"이, 이게 대체……."

무슨 일이 벌어진 것인가?

도무지 이해할 수 없는 광경이었다.

어떻게 할아버지를 등 뒤에서 기습할 수 있었을까?

입신경 고수의 몸에 검을 찔러 넣을 수 있을 정도의 실력자일 것이다.

그러면 분명 할아버지의 육감에 잡혔어야 정상일 텐데…….

'그래, 이건 환상이다.'

엡실론이 만들어 낸 환상이거나, 마물이 일으킨 요술이겠지.

그렇게 애써 부정하며 현실을 받아들이지 못하고 있을 때.

젊은 사내의 고개가 천천히 돌아가며 나와 시선을 마주했다.

내 몸이 굳어 버린 것도 동시였다.

그리고 마주한 상황이 환상 따위가 아니고, 어떻게 기습을 성공했는지도 자연히 깨닫게 되었다.

내가 아는 그자가 맞다면, 충분히 그럴 수 있을 테니 말이다.

나찰 중에서도 천 년에 한 번 나온다는 천재이자, 회귀의 돌을 찾기 위한 명분 되어 준 나찰.

그리고 동굴 속에서 끝까지 비웃음으로 일관하며 목을 베었던 숙적.

"……알파."

과거 공포 그 자체였던 그가 눈앞에 모습을 드러냈다.

내 반응이 마음에 들었던 것인지, 놈은 입꼬리를 올리며 기억 속 모습과 동일한 미소를 머금었다.

이윽고 촤악! 하는 소리와 함께 등에 꽂힌 검이 뽑히며 피가 쏟아졌고 할아버지가 한쪽 무릎을 꿇었다.

"할아버지!"

그 순간 몸이 본능적으로 움직였다.

오로지 할아버지를 살려야 한다는 일념뿐이었다.

알파는 그런 나를 향해 가볍게 검을 휘둘렀다.

그러나 뒤이어진 변화는 결코 가볍지 않았다.

바람으로 이루어진 거대한 칼날이 나를 향해 덮쳐 왔으니까.

그 순간 내 행동에도 변화가 일었다.

공시대보(攻時待步), 원영보(遠泳步).

원거리에 위치한 적의 공격을 회피하는 데 용인한 보법.

이를 통해 바람의 칼날을 피하며 앞으로 나아갔다.

하지만 할아버지를 기습할 정도의 실력자였기에, 알파의 공격을 모두 회피하는 건 불가능했다.

칼날이 어깨와 볼을 시작으로 상처는 순식간에 늘어나기 시작했다.

그러나 전진하는 걸음에 주저함은 존재하지 않았다.

'계속해서 압박해야만 한다.'

알파는 입신경의 강자. 조금만 틈을 주면 할아버지의 목을 날려 버릴지도 모르니까.

그러니 그런 생각을 품지 못하도록, 계속 몰아붙이며 놈의 시선을 내게 붙잡아 둬야 한다.

이 나라의 희망이.

그리고 나의 희망이 결코 꺼지지 않도록.

"으아아아아아아아!"

우여곡절 끝에 놈의 지근거리까지 접근한 나는 천광의 손잡이를 움켜쥐었다.

원영보는 회피와 일검류 사용이 동시에 가능한 보법.

이를 모르고 있을 테니, 방심의 대가로 인생의 쓴맛을 느끼게 만들어 주리라.

일검류(一劍流), 일도양단(一刀兩斷).

그렇게 검이 허공을 가르며 놈을 내려치는 순간.

"너구나."

음성은 정면이 아닌 옆에서 들려왔다.

나찰은 어느새 내 옆으로 이동해 있었던 것이다.

그렇게 조소를 띤 알파와 눈을 마주친 찰나의 순간.

신경이 곤두서며 시간의 흐름이 느려진 것처럼 느껴졌다.

눈앞의 모래 먼지 알갱이가 선명하게 보일 정도로 느려진 시간 속.

놈의 눈빛은 이렇게 말하는 것만 같았다.

'넌 지금도 아무것도 지킬 수 없는 존재다.'

그리고는 검을 치켜들었다.

나의 목을 베려는 것이었다.

이를 알면서도 나는 대항할 수 없었다.

'젠장!'

일검류는 혼신의 힘을 담아 일격필살의 검을 날리는 무공.

여전히 허공을 가로지르고 있는 천광의 궤도를 트는 건 불가능에 가까운 일이었다.

'막아야 하는데…….'

그래야 하는 걸 알면서도, 내가 할 수 있는 건 두 가지뿐이었다.

알파의 검이 목을 향해 날아드는 걸 속절없이 지켜보는 것.

무기력함을 느끼며 비명을 지르는 것뿐.

"으아아아아아!"

그렇게 죽음이 코앞까지 다가온 순간.

챙!

쇳소리가 울려 퍼질 뿐, 예상했던 고통은 이어지지 않았다.

직후 나와 알파 사이로 끼어드는 한 사람.

지켜 주겠다 맹세했던 존재가 오히려 날 보호해 주고 있었다.

"감히 내 손자에게 뭐라고 하는 것이냐?"

"대단하네? 움직일 거라곤 예상 못 했는데."

"그럼 이 또한 예상을 못 했겠군."

직후 혈염산하가 알파를 베었으나, 그것은 허상일 뿐이었다.

어느새 알파는 로의 곁으로 자리를 옮긴 뒤였다.

"오랜만이네. 로."

"적절한 때에 와 줬군."

"시그마는……."

"여기 있다."

시그마 또한 아린이를 뚫고 알파 곁으로 다가가 나란히 섰다.

바라지 않았던 상황이 벌어져 버렸다.

로와 시그마로 모자라 알파까지 한자리에 모인 것을 좋은

일로 여길 수는 없을 테니까.

그러나 지금은 그보다 더 중요하고 시급한 일이 있었다.

"할아버님, 괜찮으십니까?"

할아버지의 상태를 확인하는 게 먼저였다.

나는 대답을 들을 생각도 않고 상태 파악에 나섰다.

출혈이 심해 이대로 놔둬선 안 됐기에 혈을 짚어 급한 불부

터 껐다.

그러나 이는 임시방편에 지나지 않을 뿐이었다.

검에 꿰뚫린 외상도 문제지만, 걱정해야 하는 건 그것이 아

니었으니 말이다.

몸에 무리가 가는 극양신공을 과도하게 사용하셨으니 말이다.

의술을 아는 나이기에, 극양신공을 누구보다 많이 사용했기에 확실히 알 수 있다.

할아버지가 더 이상 전투에 임해서는 안 된다는 것을.

그렇게 심각한 얼굴로 바라보자 할아버지가 무표정하게 말했다.

"신경 쓸 것 없다. 별거 아니니."

"별거 아니라니요! 그렇게 간단하게 여길 문제가 아닙니다!"

괜찮다며 안심시키려 하는 할아버지의 모습이 나를 더욱 비참하게 만들었다.

모든 것이 나의 탓으로 여겨졌으니까.

시그마 하나 막는 것도 급급해 제대로 된 도움을 주지 못한 스스로가 원망스러웠다.

등을 지켜 드리겠다 자신해 놓고서 오히려 도움을 받게 된 현실에 실망감이 몰려왔다.

변했다 느꼈으나, 나는 여전히 회귀 전과 다를 바 없었다.

위험한 일은 할아버지에게 떠넘긴 채 무엇 하나 해내지 못했고, 도움받기만 하는 무능력자에 겁쟁이.

그것이 이서하란 사람의 한계였던 것이다.

그렇게 한심함에 고개를 숙이려는 찰나.

"당장 고개 들어라!"

할아버지의 불호령이 떨어졌다.

"감정적으로 판단하지 마라! 내 등 뒤를 맡겠다던 자신감은 어디 갔느냐! 네 의지는 겨우 이따위에 흔들릴 정도였더냐!"

"……."

할아버지는 내가 어떤 생각을 갖고 있는지 꿰뚫고 있다는 듯 강렬한 눈빛으로 경고를 전했다.

그렇게 시선에 담긴 의지를 이해할 무렵, 아린이가 곁으로 다가왔다.

아린이는 걱정스러운 얼굴로 할아버지를 바라봤다.

"할아버님, 상태는 어떠세요?"

"걱정할 것 없다. 이쯤은 아무것도 아니다."

할아버지는 노한 기색을 감추며 태연히 답했다.

아린이는 다행이라는 듯 안도의 한숨을 내쉬었지만, 나는 그럴 수 없었다.

할아버지의 말이 거짓임은 그 누구보다 잘 알고 있었으니까.

나는 작게 심호흡하며 흥분을 가라앉혔다.

할아버지의 말대로 감정적으로 판단할 때가 아니었다.

그 어느 때보다 냉철한 판단으로 난관을 헤쳐 나갈 방법을 모색해야 한다.

로와 시그마, 거기에 위대한 일곱 혈족 중 최강이라 일컫는 알파까지 가세한 이상 전투를 이어 가는 건 의미가 없다.

더군다나 할아버지의 용태가 좋지 않은 상황임을 고려하면, 더더욱 고려 대상에서 일순위로 제외해야 했다.

최선은 할아버지를 모시고 수도 밖으로 빠져나가는 것.

그것마저도 쉽지 않다는 것이 문제였다.

'과연 할 수 있을까?'

알파와 시그마, 로의 추격을 따돌리고 도시를 빠져나가는 것.

아무런 희생도 치르지 않고 목적을 달성하는 건 불가능에 가까울 것이다.

마물들이 흩어지며 시광대가 주변을 둘러싸고 있다곤 하나, 큰 도움을 기대하긴 어려울 테니 말이다.

'하지만 최선을 생각하면……'

미래를 생각하면 할아버지를 데리고 나가야 한다.

일단 살아 계셔야 생원과를 구하든 다른 방법을 찾든 뭐라도 할 수 있을 테니까.

'그로 인해 희생이 따르겠지만, 이번 한 번쯤은……'

그렇게 스스로를 납득시키려 할 때.

"서하야."

할아버지가 내 어깨에 손을 올리며 내려다보셨다.

"그리 애쓸 것 없다. 그것이 최선이 아님은 이미 알고 있지 않느냐?"

할아버지의 미소는 한없이 부드러웠지만, 그 안에 측은함이 담겨 있음 또한 느낄 수 있었다.

내가 무슨 생각을 하는지, 미래를 위함이라 포장했지만 그
것이 진실이 아님을 간파하신 것이다.

순전히 내 욕심에 기인한 것이고, 지금까지 지켜 왔던 원칙
까지 무시하려 했던 것까지도.

"그러니 정해진 순리를 따르거라."

직후 이어진 할아버지의 말에 나는 멍하니 바라볼 수밖에
없었다.

저 말에 담긴 의미를 알아채지 못할 리 없었다.

알고 있었지만 애써 외면했던 방법이었으니까.

"싫습니다."

"나와 같이 죽겠다는 말이냐?"

"그런 말이 아니지 않습니까? 모두가 살 수 있을……."

"모두가 살 수 있는 길? 정녕 그런 게 있으리라 생각하느냐?"

왜 이렇게 강경하게 나오시는지는 충분히 이해한다.

몸 상태가 어떤지는 나보다 본인이 더 잘 알고 있을 테니까.

죽음의 그림자가 서서히 다가오고 있음을 할아버지가 모
를 리 없었다.

그렇기에 곧 죽을 사람을 위해 헛되이 목숨을 버리지 말라
고 말하는 것이다.

지금껏 지켜 온 방식을 거스르지 않고, 왕국의 미래를 위해
보다 나은 방법을 택하라는 것이고.

이성적으론 이해가 되지만, 그에 따를 생각은 추호도 없다.

"죽어도 싫습니다."

회귀 전, 소중한 이들을 질릴 정도로 버려 가며 살아남았다.

그렇기에 이번 삶에선 절대로 그러지 않으리라 다짐했었다.

"말씀하신 대로, 제가 잘못 생각했습니다. 그러니 무슨 일이 있어도 다 같이 살아남을 것입니다."

누구도 죽지 않고 나찰들의 마수에서 벗어난다.

그것이 내게 주어진 천명이었다.

"만약 누군가가 희생해야 한다면……."

분명 누군가가 희생하며 시간을 벌어 줘야 다수가 살아남을 수 있다.

그리고 이를 감당할 대상은 이미 정해져 있었다.

"그 역할은 제가 맡겠습니다."

"서하야!"

아린이가 화들짝 놀라며 반응했으나, 나는 굳은 얼굴로 고개를 저었다.

최악의 상황을 상정하고, 위기를 모면했다는 것에 만족하는 삶은 질리도록 경험했다.

그 때문에 이번 생에선 최선만을 바라보며 달려왔지 않던가.

그렇게 달려온 여정이 이 순간으로 끝나는 것이라면, 지난 생처럼 허무하게 마무리할 순 없다.

어떻게든 최선의 결과를 만들어 내며 최후를 맞이할 것이다.

이 나라의 기둥이자 등불이었으며, 나에겐 인생의 스승이었던 할아버지만큼은 반드시 지켜 내는 것으로.

그것이 이 왕국을 위한 일일 것이다.

직후 이어진 할아버지의 반응은 예상 밖이었다.

단호하게 소리칠 것이란 예상과 달리, 오히려 기특하다는 얼굴로 대견하게 바라볼 뿐이었다.

"어렸던 아이가 어느새 어른이 되었구나."

"……."

순간 심장이 내려앉으며 감정을 주체할 수 없었다.

그럼에도 할아버지의 인자한 음성은 계속해서 이어졌다.

"너를 희생하겠다는 마음은 기특하나, 각자에겐 정해진 역할이 있는 법이다. 이곳에 남는 것은 내 역할이지 네 것이 아니다. 너에겐 전하를 보필하며 전쟁을 승리로 이끌어야 할 의무가 있지 않더냐."

나를 버리고 떠나라. 그것이 네게 주어진 운명이다.

할아버지의 뜻은 한결같았다.

"옳은 일을 하거라."

받아들이고 싶지 않고, 인정하기 싫었다.

하지만 마지막이 될지 모를 할아버지의 부탁을 마냥 거절할 수만도 없었다.

그렇기에 내가 할 수 있는 건 한 가지뿐이었다.

마지막 부탁을 들어주지 못했다는 한스러움에 평생 죄책감을 느끼며 살아가는 것보단 나을 테니까.

"······알겠습니다."

"그래, 그래야 내 손자답지."

그제야 할아버지는 환한 웃음으로 머리를 쓰다듬어 주셨다.

"비록 오랜 세월을 함께하진 못했지만, 너와 보낸 시간은 크나큰 기쁨이었다. 좋은 추억을 남겨 준 것은 참으로 고맙게 생각한다."

"······."

아무런 답도 꺼내지 못하는 나를 물끄러미 바라보시던 할아버지가 아린이에게로 시선을 돌렸다.

"너에게도 고마운 것이 많으나, 한 가지 부탁을 하려는데 괜찮겠느냐?"

"할아버님의 부탁이라면 뭐든 좋습니다."

아린이의 대답이 기꺼워 호탕하게 웃어 젖힌 할아버지는 아린이의 어깨에 손을 얹으며 나직이 말했다.

"앞으로도 우리 서하를 잘 부탁하마."

"그 점에 대해선 기대 이상으로 부응하겠습니다."

"고맙구나. 내 너희 둘의 혼례는 꼭 보고 싶었는데······."

할아버지가 말끝을 흐리며 안타까움을 드러내는 찰나.

"그게 뭐 그리 어려운 일이라고. 직접 가서 보면 되는 것을 고민할 이유가 있느냐?"

손뼉을 치며 나타난 노인은 할아버지의 옆에 서서 나를 돌아봤다.

"안 그렇더냐, 서하야?"

병환으로 죽어 가던 모습은 온데간데없이 사라지고, 과거 전신(戰神)이라 불리던 시절의 위엄을 갖춘 남자.

신유철 선왕 전하의 등장이었다.

◆ ◆ ◆

수도 앞.

신유철은 죽은 자들을 단칼에 베어 내며 왕궁으로 향했다.

이윽고 손자와 손자며느리에게 마지막 인사를 건네는 전우를 발견하곤 호탕하게 웃으며 다가갔다.

"그게 뭐 그리 어려운 일이라고. 직접 가서 보면 되는 것을 고민할 이유가 있느냐?"

그리고는 이강진의 옆으로 다가서며 말했다.

"안 그렇더냐, 서하야?"

"전하……."

"이 친구는 나에게 맡기고, 너는 서둘러 유민이에게 가거라. 신하 된 자로서 국왕이 노심초사하게 만들어선 안 되지."

"하지만……."

신유철은 이서하가 말을 꺼내기도 전에 단호히 말허리를 잘랐다.

"걱정 말거라. 이 친구는 내가 데리고 돌아갈 터이니."

직후 그의 몸에서 거대한 양기의 기둥이 하늘로 솟구쳤다.

신유철 또한 극양신공을 사용한 것이다.

"그러니 이만 가거라. 선왕으로서 내리는 명령이니라."

이서하는 머뭇거리더니 이내 이를 악물고는 고개를 숙였다.

"전하의 명을 받듭니다."

이윽고 이서하와 시광대가 움직이자 신유철이 피식 웃으며 말했다.

"너무 똑똑해도 문제야. 그렇지 않더냐?"

이서하도 알고 있는 것이다.

이강진과 돌아가겠다는 말이 진심이 아니라는 것을.

아무리 신유철이 합세했다 한들 전황을 크게 뒤바꾸는 건 쉽지 않을 것이었다.

그럼에도 물러난 것은 신유철과 이강진의 의지가 굳건함을 알기에.

두 사람이 명예를 지킬 수 있도록 배려한 것이다.

"가서 손자랑 훗날이나 도모하지 여긴 왜 왔수?"

"에이, 네가 가는 데 내가 안 갈까. 바늘 가는 데 실 가는 건 당연한 일이지."

"이거 참, 기껏 살려 놨더니 또 죽으러 왔네."

"하하하, 그래도 너와 함께 싸우다 죽는다면 그보다 좋은 건 없지."

"동감입니다."

신유철은 뉘엿뉘엿 넘어가는 해를 바라보며 검을 빼 들었다.

"가자. 강진아."

"네, 형님."

회광반조(回光返照).

태양은 지기 전에 가장 밝은 법이었다.

Chapter 128.

이강진이 이서하에게 마지막 조언을 남기고 있을 때, 알파와 로는 묵묵히 그 모습을 바라볼 뿐이었다.

그런 두 사람의 행동이 시그마는 심히 마음에 들지 않았다.

마치 대화가 끝날 때까지 여유롭게 기다려 주겠다는 듯 느껴졌기 때문이다.

"이대로 보고만 있을 건가?"

시그마는 불만 가득한 얼굴로 말을 이어 갔다.

"지금 당장 공격해야 한다. 안 그러면 지금까지 노력이 헛수고가 될 테니까."

이강진은 지쳤고, 부상까지 입었다.

병자라던 신유철이 멀쩡하게 등장한 것은 의외였지만, 큰 의미를 두진 않았다.

설령 이전의 힘을 되찾았다 해도 큰 변수는 되지 못할 것이다.

조금 전 이강진보다 강할 리는 없을 테니 말이다.

반면 이쪽은 알파의 합류로 전세가 뒤바뀐 상황.

"이 자리에서 전쟁을 끝낼 수 있다."

이강진, 신유철 외에 이서하와 유아린까지.

왕국의 전력 중 5할이 모여 있다 해도 과언이 아니었다.

후환이 될 이들을 한 번에 제거할 수 있는 절호의 기회이기도 했다.

하지만 알파는 그와 생각이 달랐다.

"서두르지 마라, 시그마."

무인에 대한 예의 따위는 아니었다.

단순히 흥미가 동했기 때문이다.

그토록 강하던 이강진조차 마지막의 순간에는 후대에 의지를 넘기기 위해 발악하고 있지 않은가.

일생 동안 마주할 수 없을 흥미로운 광경이었으니, 지금은 여유롭게 감상하고 싶었다.

물론 그 때문만은 아니었다.

"목표를 우선시해야지 않겠나?"

"목표?"

시그마가 이해할 수 없다는 듯 미간을 찌푸리자 알파는 그가 놓치고 있는 부분을 다시금 상기시켜 주었다.

"우리가 이곳에 온 목적이 무엇이지?"

위대한 일곱 혈족과 마물이 동시에 천일을 습격한 이유.

그 행동은 모두 이강진을 죽이기 위함이었다.

"애초에 이서하는 목표에 없었잖아."

이강진에 비해 위협적이지도 않으며, 마음만 먹으면 언제든 처리할 수 있는 존재.

알파에게 있어 이서하는 그 정도밖에 되지 않았다.

하지만 시그마는 여전히 못마땅한 기색을 지우지 못했다.

최대·성과를 낼 수 있음에도 굴러든 복을 걷어차 버리는 것이나 마찬가지였으니 말이다.

"그래도 방심하는 지금……!"

"시그마."

또다시 반론을 꺼내려는 시그마를 로가 막아 세웠다.

그리곤 눈짓으로 어딘가를 가리켰다.

그를 따라 시선을 옮겼을 때, 시그마는 한 사람과 눈을 마주치게 되었다.

"지금도 저들이 방심하고 있다 생각하나?"

로의 물음에 시그마는 쉽게 답하지 못했다.

자신과 눈이 마주친 존재는 신유철.

그 외에도 이강진 또한 스리슬쩍 상황을 주시했다.

대화에 집중하는 듯 보였지만, 그 와중에도 모든 신경을 자신들에게 집중하고 있었다는 말이었다.

언제든 공격에 대비할 수 있도록.

"기습을 했다면 우리의 피해도 감당했어야 될 테지. 그러니 지금은 회복에 전념하게."

섣부르게 달려들 만큼 쉬운 상대가 아니니 이후를 생각해라.

로는 효율적 측면을 강조하고 있었다.

"그래, 그래. 서두르지 말자고. 어차피 시간은 우리 편이니."

혹시 모를 기습에 대비해 극양신공을 유지하고 있는 이강진.

뒤늦게 합류한 신유철도 극양신공을 운용하기 시작했다.

둘에게 시간 제한이 생겼음은 명확했다.

반면 로와 시그마는 시간이 많으면 많을수록 좋다.

인간과 나찰의 차이점에 요술의 유무만 있는 게 아니다.

적은 시간만으로 본래의 힘을 되찾을 수 있는 월등한 회복력.

결국 시간이 지날수록 힘의 격차는 더욱 벌어질 것이다.

이강진과 신유철이 쇠약해지는 반면, 로와 시그마는 본래의 무위를 되찾게 될 테니까.

"그러니까 가만히 지켜보기나 하자고."

"……쯧."

그제야 시그마는 뜻을 굽히며 뒤로 물러났다.

아쉬운 마음은 여전했지만, 둘의 말이 틀린 건 아니었으니 말이다.

그렇게 후대에게 의지를 전하는 모습을 지켜볼 무렵.

이윽고 이서하 일행이 떠나고 두 노인이 나찰들을 향해 걸어오기 시작했다.

알파가 움직인 것도 그와 동시였다.

"인사는 끝냈나?"

"덕분에."

이강진은 검을 올려 들었다.

"배려는 고마우나, 그렇다고 봐줄 생각은 없다."

"그러시겠지."

알파는 양팔을 벌리며 웃음으로 화답했다.

"그럼 슬슬 시작해 볼까?"

마침내 대전쟁의 서막을 알리는 전투가 시작되었다.

이강진은 곧바로 알파에게 달려들어 검을 내질렀다.

일검류(一劍流), 일섬(一閃).

강렬한 찌르기가 알파를 향해 나아갔다.

알파는 종이 한 장 차이로 피하며 쳐 낼 생각이었다.

분명 그럴 수 있으리라 여겼다.

하지만 생각과 달리 찌르기는 살짝 비껴 나갈 뿐.

의도했던 상황으로 이어지지 못했다.

그와 동시에 음기와 양기가 섞이며 거대한 소용돌이가 일어났다.

규모만으로도 놀랍기 충분하지만, 그 안에선 수많은 번개가 내리치며 위험천만한 광경이 쉴 새 없이 벌어졌다.

그럼에도 이강진과 신유철의 얼굴에는 묘한 미소가 지어
져 있었다.

'즐겁다.'

신유철이 병에 걸린 그 시점부터 이강진은 항상 기도해 왔다.

단 한 번이라도 좋으니 친우와 함께 다시 한번 싸울 수 있
기를. 예전처럼 건강하게 서로 대련하며 농담 따 먹기가 가능
하기를.

건강할 때는 너무나도 당연하게 할 수 있던 것들이 간절해
졌었다.

신유철 역시 같은 심정이었다.

선왕과 전 근위대장이기 이전에 오랜 세월 동고동락해 온
벗이었으니까.

부작용을 알면서도 생원과 씨앗을 삼킨 것도 모두 이강진
과 더 많은 시간을 보내기 위함이지 않았던가.

그렇기에 암울한 상황임에도 이강진과 신유철은 이 상황
이 더없이 즐겁게만 느껴졌다.

원했던 꿈이 이뤄졌으니 슬퍼할 겨를조차 아까운 마당.

그렇기에 마지막을 불태운다.

하늘의 태양이 그러하듯.

축제 때 불꽃놀이가 그렇듯.

세상의 모든 마지막은 기억에 남을 정도로 화려해야만 하
기에.

'모든 것을 쏟아부어라.'

그리고 그 순간, 이강진의 검이 알파의 몸에 생채기를 내기 시작했다.

"……"

알파의 표정이 굳어졌다.

순간이나마 따라가기 버거울 정도였던 것이다.

그러나 이내 평온을 되찾는 알파였다.

죽어 가는 자의 마지막 발악이었으니까 말이다.

얼마 지나지 않아 이강진의 움직임은 현전하게 느려지기 시작했다.

이윽고.

이강진이 힘을 이겨 내지 못한 채 밀려 나갔다.

알파는 실망감을 감추지 못한 채 이강진을 바라봤다.

"다 태워 버렸구나."

검에 가해진 충격조차 해소하지 못한다는 건 한계에 다다랐다는 말이었다.

"후우……"

반면 이강진은 차분히 숨을 골랐다.

그와 동시에 빠르게 현재의 상태를 파악했다.

나찰의 말대로였다.

복부의 부상도 무시할 수 없지만, 극양신공을 강행하며 몸이 버티지 못해 타 버린 상황.

신유철 역시 로와 시그마를 상대하며 제 역할을 다하고 있지만, 이 또한 한계가 있을 터.

수백, 아니 수천 번의 전투를 치러 왔기에 알 수 있는 현실이었다.

'참으로 아쉽구나.'

화려해야 할 마지막이 오히려 허무하게 끝나 버릴지도 몰랐다.

그런 생각을 떠올린 순간.

"어머, 아직도 안 끝났어?"

하늘에서 또 다른 존재가 모습을 드러냈다.

새롭게 등장한 여성형 나찰은 알파의 옆에 착지하며 한쪽 입꼬리를 올렸다.

"생각보다 오래 걸리네?"

새로운 적의 등장에 이강진이 그녀에게 시선을 돌린 찰나.

"……!"

그는 한순간 얼어붙었고 사고는 멈춰 버릴 수밖에 없었다.

화려한 은발에 백옥과도 같은 피부.

문제는 그게 아니었다.

어디서 본 적이 있는 듯한 기시감.

그 원인을 깨닫기까지는 오랜 시간이 걸리지 않았다.

자신이 아는 누군가와 똑 닮았던 것이다.

"……아린이?"

순간 서하와 떠난 아이가 왜 나타났는지 의문이 들었다.

하지만 이내 고개를 저으며 생각을 달리했다.

생김새만 닮았을 뿐, 아린이는 아니었다.

이마에 난 뿔이 순수한 혈통의 나찰임을 증명하고 있었으니 말이다.

물론 의문이 완전히 사라진 건 아니었다.

'어째서 저렇게 닮은 것일까.'

무언가가 있다.

둘 사이에 연결 고리가 있음은 직감적으로 알 수 있었으나, 이강진은 금세 머리를 비웠다.

'이제 마지막이라면…….'

이강진은 신유철을 바라보았다.

건강을 되찾은 후 강자를 상대하는 건 처음이었고, 그 덕분에 표정에선 미소가 떠나지 않았다.

하지만 형님도 알고 있을 것이다.

현재 상황에서 더 나아질 수 없다는 것을 말이다.

그러니 더 이상 시간을 낭비해선 안 됐다.

이젠 결정을 내려야 할 때.

"형님!"

이강진의 외침에 신유철이 두 나찰과 거리를 벌리며 곁으로 다가와 섰다.

"거참, 더럽게 단단하구나."

"그래서 일검류를 익히라고 누누이 말하지 않았습니까?"

"고리타분한 검술은 재미가 없다니까."

"팔락거리는 게 뭐 그리 좋다고."

신유철의 검은 가벼웠다.

물론 입신경 완숙의 경지를 기준으로 가볍다는 것이었다.

일반적으로 본다면 나무랄 게 없으며, 신유철의 위명을 떨치는 데 도움이 된 것은 부정할 수 없었으니 말이다.

다만, 현재 상황에서 단점 또한 극명했다.

상대의 요술과 상성이 좋지 않았던 것이다.

신체를 강화하는 시그마에게는 치명상을 입히는 게 어려웠으니 말이다.

이에 못마땅하다는 듯 고개를 젓던 이강진이 미소를 머금었다.

"이런 와중에도 고집 부리는 걸 보니, 형님도 죽을 나이가 되긴 했나 보오."

"하하하, 그럼. 노인네한테 고집과 아집 말고 뭐가 남아 있겠느냐."

위기의 순간에도 우스갯소리를 던지는 신유철이었다.

그러나 그의 표정은 더없이 진지했다.

"그래서, 계획이 뭐냐?"

"시간을 끌어 주십시오."

"그거면 되겠느냐?"

"네, 그것만으로 충분합니다."

나찰 셋, 아니 이제 넷을 상대로 시간을 끌어 달라는 것은 꽤 무리한 부탁이었다.

하지만 이강진은 한 치의 의심조차 없이 신유철에게 원하는 바를 밝혔다.

친우를 향한 신뢰가 굳건하다는 뜻이었다.

"그래, 무슨 일이 있어도 반드시 들어주마."

신유철은 씁쓸한 표정으로 고개를 끄덕였다.

이강진이 무엇을 생각하고 있는지, 자신의 역할이 얼마나 중요한지.

그리고 이후 어떤 결과를 맞이하게 될 것인지까지.

신뢰에 감춰진 의미를 눈치챘기 때문이다.

"한번 모두가 만족해할 춤을 춰 볼까?"

걸음을 내디디며 나아가는 신유철.

이강진은 그의 뒷모습을 지그시 응시했다.

정해진 결과를 알면서도 당당히 나아가는 친우의 모습을 눈동자에 담기 위해.

그리곤 시선을 내려 무언가를 물끄러미 바라봤다.

'너와 함께하는 것도 마지막이구나.'

가로막던 적들을 수없이 베었으며, 함께 역사를 만들어 온 동반자, 혈염산하(血染山河).

애검(愛劍)과 이별할 순간도 얼마 남지 않았다.

'그러니 마지막까지 잘 부탁하마.'

간절한 염원을 전달함과 동시에 이강진이 검병을 강하게 쥐었다.

일검류(一劍流).

청신의 가전 무공으로, 평생 일검(一劍)만을 수련하는 검술.

얼핏 들으면 낭만적으로 느껴지지만, 실상은 실전성이 떨어지는 무공에 지나지 않았다.

그도 그럴 것이 초식이라곤 일도양단(一刀兩斷) 하나뿐이었다.

극성을 이룬다 한들 단조로움으로 인해 쓰임새가 한정된다는 뜻.

그로 인해 과거의 일검류는 존경보다는 안 배우느니만 못하다는 조롱을 들을 수밖에 없었다.

그러나 이강진의 등장 이후 세간의 평가는 순식간에 뒤바뀌었다.

일도양단만 존재하던 초식에 내려치기와 찌르기, 횡 베기 등의 초식이 더해졌다.

거기에 공시대보가 접목되며 이동과 회피 또한 동시에 수행할 수 있게 되었다.

일률적이라는 기존의 한계를 부수며 다양성을 덧입히며 실전성도 보완한 것이다.

그렇게 획기적인 변화를 만들어 냈지만, 그에 따른 반작용 또한 존재했다.

일검류의 유일한 강점.

보편성과 실전성을 추구하는 과정에서 일검류의 본질인 극한의 파괴력이 떨어진 것이다.

그리고 지금.

반작용으로 인한 결과가 더욱 크게 느껴질 수밖에 없었다.

어느 때보다 파괴력이 필요한 순간이었으니까.

그렇기에 지금까지 이룩해 왔던 모든 것을 내려놓았다.

대신 한참이나 부족하다 여겼던 과거의 유산을 꺼내 들었다.

'오직 일검(一劍)에 인생을 바친다.'

일검류를 가장 잘 설명하는 문장.

이강진은 어렸을 적 기억을 떠올리며 자세를 잡고 천천히 기운을 끌어올렸다.

'내 몸이 곧 검이 되면…….'

필요하지 않은 혈도로 흐르는 기운을 차단했다.

신의 경지에 올라 신검합일(身劍合一)의 상태로 사용하는 진정한 일검류.

이것이 어떤 결과를 만들어 낼지는 이강진조차도 알 수 없었다.

다만 한 가지는 확실할 수 있었다.

'……베지 못하는 것이 없으니.'

그렇게 혈염산하에 이강진의 모든 것이 깃들기 시작한 순간.

"이런……!"

이강진의 변화에 가장 먼저 반응한 것은 로였다.

뒤이어 시그마 또한 사태의 심각성을 인지했다.

'무언가가 벌어지고 있다!'

온몸의 신경이 경고하고 있었다.

이강진을 내버려 두면 상상할 수 없는 재앙이 도래할 것이라고.

"알파! 시그마! 당장 막아라!"

로가 외치며 움직임과 동시, 시그마 또한 이강진을 향해 날아들었다.

그러나 그들의 앞을 신유철이 막아섰다.

'찰나만 벌면 된다.'

신유철은 로의 검을 튕겨 내며 시선을 돌렸다.

뒤이어 흑갑의 태를 두르고 돌진하는 시그마가 그의 시야에 들어왔다.

'자세가 무너졌으나……'

자신의 역할은 적의 제압이 아닌 시간을 버는 것.

신유철은 망설임 없이 시그마를 향해 몸을 던졌다.

"크윽!"

진로에 끼어든 존재로 인해 충돌이 일어나며 시그마와 신유철이 각기 다른 방향으로 튕겨 나간 직후.

푹!

피육을 꿰뚫는 소리가 울려 퍼졌다.

"아야야……."

뒤이어 누군가의 신음 소리가 흘러나왔다.

그 주인은 다름 아닌 선왕 신유철.

이강진을 노리던 알파의 검을 몸으로 막아 세운 것이었다.

시그마의 돌진을 몸으로 막은 것은 순간 떠올린 기지가 아니었다.

튕겨져 나갈 방향까지 모두 고려한 행동이었던 것.

모든 것이 의도대로 딱 맞아떨어졌다.

신유철은 서서히 다가오는 죽음을 바라보며 미소를 지었다.

"이 형님이 해냈다, 동생아."

그리곤 자신의 심장을 관통한 검과 알파의 손을 붙잡았다.

아무리 날고 기는 나찰이라 하더라도 피할 수 없도록.

"그러니 이젠 네 차례다."

신유철의 말이 끝나는 그 순간.

"잘 해내셨습니다, 형님."

일검류(一劍流), 일도양단(一刀兩斷).

신유철의 등 뒤에서 황금빛 물결이 일기 시작했다.

상상 이상의 일격이자 진정한 의미의 일검류.

하늘마저 베어 버리는 인류 최강의 검이었다.

신유철은 결의를 가득 담아 맞은편의 알파를 바라보았다.

"나찰이여, 나와 같이 지옥으로 떨어지자꾸나."

강력한 나찰을 데려갈 수 있다면 충분히 만족스러운 결과였다.

하지만 신유철의 목적은 순탄하게 이루어지지 않았다.

황금빛이 신유철을 뒤덮기 직전.

천변(千變), 귀갑의 태(龜甲의 態).

사용할 수 있는 최강의 방어 형태를 취하며 시그마가 막아선 것이다.

그러나 시그마는 오래 버티지 못하고 비명을 지를 새도 없이 양기에 불타올라 버렸다.

목숨을 바친 것이 무색할 만큼 허무한 결말이었다.

하지만 알파의 입가엔 희미한 미소가 자리 잡았다.

다른 이에겐 찰나에 불과할 촌각.

그러나 알파에겐 더할 나위 없었다.

이강진의 일격에 대응하기엔 충분한 시간이었으니 말이다.

"으아아아아아아!"

알파의 몸에서 터져 나온 음기가 인간이 만들어 낸 극양의 기운과 충돌했다.

거대한 섬광이 수도를 집어삼켰다.

치열했던 전장엔 어떠한 소리도 존재하지 않았다.

고요한 정적만이 가득할 뿐이었다.

이윽고 섬광이 사라지며 세상이 색을 되찾았을 때.

찬란했던 왕국은 찾아볼 수 없었다.

극한의 음양이 충돌하며 모든 것을 소멸시켜 버린 것이다.

마치 신의 징벌이 떨어진 것처럼.

남아 있는 것은 횅한 대지뿐이었다.

황무지와 다를 바 없는 공간에서, 꾸물거리는 움직임이 포착된 것은 그로부터 얼마 지나지 않아서였다.

"아아아……."

모습을 드러낸 존재는 어느 남자도 홀릴 수밖에 없을 정도의 미를 가진 여성, 베타였다.

그녀는 이내 씁쓸한 얼굴로 미간을 찌푸렸다.

주변엔 유성신과 불가사리의 시체가 널브러져 있었다.

"하마터면 죽을 뻔했네."

마지막 순간에 마물을 이용해 막았기에 망정이지, 그러지 않았다면 본인도 저 꼴이 되었을 것이다.

"아니지……."

생각해 보면, 마물들은 부차적인 도움에 지나지 않았다.

둘을 이용했어도 결과는 다르지 않았을 것이다.

지금 숨이 붙어 있는 것은 알파가 앞에서 막아 준 덕분이었으니까.

그에 생각이 닿은 베타가 시선을 돌렸을 때.

"……!"

베타의 미간이 전보다 더 좁혀졌다.

알파가 피투성이가 된 채로 서 있었기 때문이다.

그리고 그녀를 더욱 당황스럽게 만드는 것은.

"어머……."

전신 신유철이었다.

그는 알파의 손을 잡은 채 노려보고 있었다.

"뭐야? 아직도 살아 있는 거야?"

그녀의 물음에 알파가 피곤함 가득한 목소리로 답했다.

"그럴 리가."

알파가 자신을 잡은 팔을 떼어 내자, 신유철의 신형이 힘없이 지면으로 하락했다.

살아 있다고 믿을 정도로 위엄과 결의로 가득했던 얼굴과 달리.

허리 밑으론 어떠한 것도 남아 있지 않았다.

알파는 신유철의 주검을 묵묵히 내려다봤다.

팔뚝에 선명히 새겨져 있는 손자국.

죽는 순간에도 힘을 빼지 않았기에, 아니 더욱 강하게 붙잡았기에 남은 흔적이었다.

그렇기에 알파는 신유철에게서 시선을 떼지 못했다.

과거 인간을 얕보며 비참함을 맛봤으면서도, 그때처럼 방심하고 있었다는 결과였으니 말이다.

여전히 나찰이 우월하다는 착각 속에 갇혀 있다는 뜻이기도 했다.

변하지 못했던 스스로에 대한 후회를 담아 한숨을 내쉬는 그때, 베타는 다른 의미의 한숨을 내쉬었다.

"깜짝 놀랐네."

적이 죽었다는 결과에 대한 안도.

그에 그칠 뿐 근본적인 부분까진 고려하지 않았다.

이에 알파가 못마땅한 시선으로 바라봤으나, 베타는 주변을 살피기 바빠 이를 알아채지 못했다.

"그런데 로는?"

기운이 느껴지는 것으로 보아 살아 있는 것은 틀림없었다.

하지만 극양의 열기로 일어난 아지랑이와 흙먼지만 보일 뿐, 로는 그 어디에서도 보이지 않았다.

그렇게 주변을 둘러볼 때, 땅 한 곳에서 작은 움직임이 일기 시작했다.

그로부터 얼마 지나지 않아 로가 땅속에서 기어 나왔다.

"······여기 있네."

이강진의 공격이 날아들기 전, 로는 급히 땅을 파고든 뒤 호신강기를 펼쳤다.

시간이 부족했던 탓에 등에 극심한 화상을 입긴 했으나, 살아남았으니 상관없었다.

이 정도 상처는 시간만 주어지면 금세 회복할 수 있을 테니까.

"그래도 목표는 이룬 건가?"

"그렇지······."

베타가 태연하게 대답하는 그 순간이었다.

"……않네."

먼지 사이로 한 남자가 걸어오고 있었다.

알파는 어이가 없다는 듯 웃었다.

"하아."

이강진이었다.

뚜벅뚜벅 알파의 앞으로 걸어온 그는 신유철의 주검만을 응시했다.

"……형님은 내가 데리고 가도록 하지."

애초 대답을 들을 생각이 없었던 듯, 그는 죽은 신유철을 안아 들고는 즉시 몸을 돌렸다.

알파는 그 뒷모습을 바라볼 뿐 어떠한 행동도 취하지 않았다.

"뭐야? 왜 순순히 보내 주는 건데?"

베타가 어이없다는 듯 따져물었으나, 알파는 고개를 가로 저었다.

"놔둬."

그리곤 지쳤다는 듯 주저앉으며 고개를 들어 하늘을 올려 다봤다.

"이미 죽은 자다."

망자의 마지막 길을 방해할 생각은 없었다.

◆ ◈ ◆

이강진은 한 장소로 힘겹게 걸음을 옮겼다.

수도는 폐허가 되어 발을 딛는 곳이 어디였는지 짐작하기 어려웠으나, 그의 발걸음엔 주저함이 없었다.

그렇게 폐허가 된 어느 곳에 도착한 직후.

이강진은 품속의 신유철을 조심스레 내려놓았다.

그리곤 맞은편에 앉으며 씁쓸히 웃었다.

"약속했던 대련은 영영 못 하게 돼 버렸습니다."

지금은 폐허나 다름없으나 원래는 왕궁의 수련터.

생원과 씨앗으로 되살아난 신유철과 대련하기로 약속했던 장소였다.

두 사람이 가장 많은 시간을 보냈던 곳이기도 했다.

그렇기에 신유철을 이곳으로 데려온 것이다.

과거의 추억이 전부 떠오르는 장소에서 작별을 고하기 위해.

"함께하는 마지막 전투는 어떠셨소? 즐거우셨소?"

물음에 대한 답이 돌아올 리 없었다.

그러나 이강진은 미소를 머금었다.

-에이, 못난 놈. 저런 것들도 일격에 못 해치우는 놈한테 무신(武神)은 무슨. 겨우 그따위 실력이면 무신 칭호는 나한테 넘겨라.

신유철은 단호한 얼굴로 연신 질책하고 있었다.

"좀 봐주쇼. 나도 늙었잖소."

멋쩍게 웃어 보이며 애써 변명을 꺼낸 이강진이 여전히 결의로 가득한 신유철의 눈동자를 마주했다.

"그간 고마웠소……."

먼저 가 버린 신유철에게 작별을 고했다.

그러나 이강진의 말은 계속되었다.

끝이 있으면 시작이 있는 법.

이제 또 다른 시작을 맞이할 차례였다.

"곧 갈 테니, 앞으로도 잘 부탁드리겠소."

평생 동안 모셨던 주인을 따라갈 수 있다면 저승길도 그리 나쁘지는 않으리라.

그렇게 남은 일은 후대에 남기고.

인류의 무신(武神)이 눈을 감았다.

◆ ◈ ◆

수도에 난리가 나기 전.

홍등가의 고급 기방에 자리 잡은 한 여인이 수심에 잠긴 얼굴로 창밖을 내다봤다.

아직 불이 켜지지 않은 시간임에도 거리는 웃음소리로 가득했다.

그리고 그 웃음의 주인이 기생들이라는 것.

평소의 홍등가를 생각한다면 의아할 수밖에 없는 일이었다.

여인의 표정도 그와 연관이 있었지만, 근본적인 고민의 이유가 되진 못했다.

암부의 단주 예담을 근심하게 만든 것은 이런 상황을 만들어 낸 장본인 때문이었으니 말이다.

"그런 선택을 했단 말이지. 신유민이가⋯⋯."

신유민의 공표 후 기생들의 반응은 반전되었다.

더 이상 천민으로 남지 않게 만들겠다는 것.

실제로 체감할 수 있는 데까지는 오랜 시간이 걸릴 것이다.

하지만 국왕의 어명이 떨어진 이상, 언제고 반드시 이루어지게 될 일.

기생들의 입장에선 행복해하지 않을 이유가 없었다.

'이주원 측에 끼지 않은 것이 탁월한 선택이었긴 한데⋯⋯.'

철저히 자신의 이익만을 위해 홍등가를 이용했던 이주원.

그와 달리 신유민은 현군의 면모를 보이며 홍등가를 비롯한 왕국 백성들의 신의를 얻어 냈다.

지금까지만 보면 신유민이 승리했다고 봐도 무방했다.

여기저기서 새로운 시대에 대한 이야기꽃이 피어나고 있었으니 말이다.

하지만 그 모습이 오히려 예담을 더욱 불안하게 만들었다.

폭풍이 몰아치기 직전의 평온처럼 느껴졌으니까.

그런 예담의 예상이 들어맞았다는 듯.

얼마 지나지 않아 수도에 커다란 파문이 일었다.

거대한 용 발난타가 천일의 상공에 나타난 것이다.

마물의 등장에 뒤이어 하늘에서 운석이 떨어지기 시작했다.

조금 전까지 희망을 품고 새 인생을 꿈꿨던 꽃들이 힘없이 꺾여 나갔다.

태어난 이후 그래 왔던 것처럼.

최후를 맞이하는 것도 본인의 의지로 결정하지 못한 것이다.

그저 거대한 시대의 흐름에 따라 휘둘릴 뿐인 인생.

거리로 나와 비참한 말로를 맞이한 홍등가를 바라보던 예담은 하늘을 올려다봤다.

'이게 네가 말한 대의인가?'

이주원은 왕국과 전면전을 벌이는 데 참여해 주는 대가로 홍등가를 넘겨주겠다며 약조했다.

은월단도 힘을 보탤 것이라는 설명도 덧붙이며 말이다.

그 말에 솔깃해 잠시나마 마음이 동한 적도 있었다.

하지만 결국 제안을 거부했던 결정이 옳았음을 다시 한번 깨달을 수 있었다.

'처음부터 이럴 작정이었구나.'

잠시나마 허상에 흔들렸던 과거의 자신을 후회했다.

뒤이어 이주원에 대한 연민도 밀려들었다.

은월단에 속해 있으면서도, 각자가 바라보는 이상은 달랐던 것이다.

'이주원 너도 결국 수단에 불과했던 것이겠지.'

이주원의 목표는 오로지 살아남는 것.

그런 이주원에게 손을 내밀었지만, 은월단은 처음부터 그와 함께할 생각이 없었다는 말이었다.

애초에 홍등가를 지킨다는 건 계획에 포함되지 않았다는 뜻이었다.

'정확히는 은월단을 이끄는 선생의 뜻이겠지.'

예담이 그런 판단을 내릴 무렵.

한 여자의 절규가 들려왔다.

"사, 살려 주세요…… 제발…… 죽기 싫어."

시선을 돌려 바라본 곳에선 다리가 잘린 기생이 힘겹게 기어 오고 있었다.

어떻게든 살아 보겠다는 필사적인 발악.

기생을 안쓰러운 눈빛으로 내려다보던 예담이 몸을 낮추었다.

"미안하구나."

그 말이 끝남과 동시에 기생의 목에 단검이 꽂혔다.

고통을 덜어 주는 것 외에는 해 줄 수 있는 일이 없었기 때문이다.

이내 몸부림치던 기생이 움직임을 멈추며 축 늘어졌다.

죽는 순간까지도 삶에 대한 미련을 떨쳐 내지 못한 기생을 씁쓸하게 바라볼 그때.

죽었다 여겼던 기생이 순간 예담을 향해 손을 휘둘렀다.

전혀 고려하지 못했던 예상 밖의 상황.

예담은 당황스러움에 몸이 굳어 반응하지 못했다.

날아드는 손을 허망하게 바라보는 것이 그녀가 할 수 있는 전부였다.

그렇게 기생이 손이 예담을 할퀴려는 순간.

퍽!

거센 소리와 함께 기생이 저 멀리 날아갔다.

"아주 지랄 났구만."

뒤이어 익숙한 목소리가 예담의 귓가에 스며들었다.

예담이 힘겹게 시선을 들자, 한 사내의 모습이 눈동자에 가득 들어찼다.

"다친 데는 없습니까?"

낙화루를 찾을 때 대동했던 사람.

능청스럽게 행동하지만, 암부의 그 누구보다 믿을 수 있으며 그에 걸맞은 실력까지 갖춘 존재.

예담은 사내의 손을 잡고 일어났다.

"널 데리고 오길 잘했네."

"그럼. 나만 한 인재가 어디 있다고."

어깨를 으쓱하며 천연덕스럽게 대꾸하는 사내.

위기에 빠진 예담을 구해 준 존재는 암부의 3대 고수 중 하나인 지영학이었다.

그러나 능글맞은 대답과 달리 그의 얼굴은 굳어져 있었다.

평소 진지함을 찾아볼 수 없던 그로서도 작금의 상황엔 혀를 찰 수밖에 없었던 것이다.

"아무래도 당장 떠나야 될 듯싶은데."

"그래야지."

예담은 고개를 끄덕이며 동의를 표했다.

죽고 싶은 게 아니라면 남아 있을 이유는 없었다.

예담이 양팔을 벌리자 지영학이 곧장 그녀를 안아 들었다.

그리곤 힘껏 도약해 기방의 꼭대기에 올라선 뒤 지붕을 발판 삼아 빠르게 이동했다.

이윽고 천일의 외곽에 도달한 두 사람은 난장판이 된 수도를 돌아봤다.

이강진이 발난타를 추락시킨 덕분에 더 이상 운석은 떨어지지 않았다.

그러나 한번 시작된 혼란은 이미 수도 전역을 뒤덮은 상태였다.

불타는 도시에 사람들의 절규가 울려 퍼진다.

죽은 자들이 산 자를 유린하며 끊임없는 살육이 벌어지고 있었다.

"지옥이 따로 없네."

"……맞아."

천일의 상황을 표현하기에 그보다 적합한 단어는 없을 것이다.

그렇기에 예담은 더욱 속이 쓰렸다.

"인간이 해서는 안 되는 일도 있는 법인데."

범죄자와 추방자들의 집단, 암부.

그곳의 수장인 단주로서 보기에도 정도를 벗어났으니 말이다.

한숨을 내쉬며 성곽 내부를 바라보는 예담에게 지영학의 물음이 들려왔다.

"이제 어쩔 겁니까? 성도로 돌아갑니까?"

"아니."

예담은 고개를 가로저으며 한 곳으로 시선을 돌렸다.

"우리도 이제 선택해야지."

세상의 급류에 떠내려가지 않기 위해.

무언가를 붙잡아야 할 때가 되었다.

◆ ◈ ◆

왕궁을 벗어난 나는 살아남은 이들을 이끌고 빠르게 수도 밖으로 향했다.

목표는 광명대에 별도로 지정해 둔 집결지.

각자에게 임무를 하달하는 과정에서 특정 장소에 모일 것 또한 전달해 두었다.

단지 혹시 모를 사태를 염두에 둔 수였지만, 지금은 그것이 유일한 활로가 되어 주었다.

한곳에 모인 광명대의 상태를 파악한 뒤 이후의 계획을 세울 수 있을 테니까.

그렇게 집결지로 이동할 때.

등 뒤에서 거대한 기운이 느껴졌다.

할아버지와 선왕 전하가 전투를 시작한 것이었다.

그와 동시에 온갖 잡념이 밀려들며 나를 괴롭혔다.

할아버지의 말씀대로 대의를 위해 움직이는 건 옳은 일이었다.

전황이 불리해지면 어떻게든 피해를 최소화하며 후퇴하는 것이 전술의 기본 중의 기본이라고 배웠으니까.

그럼에도 마음속에 자리 잡은 의문을 떨쳐 낼 수 없었다.

'함께 싸웠다면 결과가 달라지지 않았을까?'

이번 생에는 소중한 사람을 두고 도망치지 않겠다 다짐했었다.

지금까지 그 마음을 유지했고 실천으로 옮겨 왔다.

그런데 가장 중요한 순간, 나는 또 도망치고 있었다.

대의라는 명분과 할아버지의 당부가 있었다 해도.

목숨을 걸고 싸우는 이들의 뒤에 숨었다는 것은 부정할 수 없었다.

'난 여전히 패배자구나.'

사람이 변하면 죽는다.

인간은 기존의 습관과 행동을 쉽게 바꿀 수 없다는 말이었다.

나 역시 마찬가지였다.

회귀 전과 달리 힘을 쌓았고 수많은 업적을 세웠다.

그러나 미래 지식을 이용해 얻은 결과일 뿐, '이서하'라는 본질은 바뀌지 않았다.

과거의 나와 비교하며 잘해 왔고 스스로 만족하다 판단했지만, 오판이었다.

실상은 잘난 척하는 위선자에 불과했고, 도망치기 바빴던 패배자에서 벗어나지 못했다.

처음부터 영웅이 될 수 있는 사람이 아니었던 것이다.

'…….'

그럼에도 나는 추한 발걸음을 계속해서 옮겼다.

살고 싶었으니까.

옳은 선택이라고 스스로를 납득시키며 쉬지 않고 달리는 데 집중했다.

그렇게 이동하길 한참.

"대장!"

집결지에 다다르기 무섭게 한 사람이 황급히 달려 나오며 우리를 맞이했다.

엉겁결에 지휘관을 맡았던 이준이였다.

그 뒤로 지친 기색이 역력함에도 부상에 신음하는 시민들을 돌보는 대원들이 보였다.

수가 많지 않은 것으로 보아 이준이의 부대만이 집결지에 도착한 모양이다.

'다른 사람들도 곧 올 것이다.'

그렇게 믿으며 잡념을 떨쳐 낸 나는 가정 먼저 해야 할 일에 집중했다.

"얼마나 구출했어?"

"얼추 천여 명 정도뿐입니다."

이준이가 풀이 죽은 듯 말했다.

수도의 인구를 생각한다면 결코 많은 숫자가 아니었다.

"죄송합니다. 제가 너무 빨리 도망친 거 같아요. 조금이라도 더 살릴 수……"

"아니야. 넌 충분히 잘 해냈어."

이준이가 구출 작전을 펼친 것은 북문.

발난타의 급습 이후 가장 먼저 마물의 공격을 받은 장소였다.

그곳에서 이만큼이나 구해 낸 것은 이준이가 최선을 다한 결과였다.

하지만 이준이는 그렇게 생각하지 않았다.

여전히 침울한 기색을 지우지 못했고, 어깨는 축 처진 상태.

굳이 묻지 않아도 왜 저런 모습을 보이는지 나는 잘 알고 있었다.

과거 수없이 경험했으며, 방금 전까지도 내가 했던 고민과 동일했으니까.

더 강한 힘이 있었다면.

조금만 더 노력을 기울였다면.

보다 나은 결과를 만들어 냈을 수 있을 텐데.

그런 자책과 회한에 사로잡혀 괴로워하고 있을 것이다.

이후 어떤 결과가 벌어질지도 뻔했다.

신세한탄을 늘어놓을 것이고, 그로 인해 고통의 늪에 빠져 허우적댈 것이며 종국엔 스스로를 망가뜨려 붕괴될 것이다.

그러니 이대로 내버려 둬선 안 됐다.

같은 상황을 겪어 본 선배로서 나처럼 되는 걸 바라만 볼 순 없었다.

"왜 훈련에 적극적으로 임하지 않았을까. 어째서 선배들의 충고를 흘려들었을까. 과거의 자신이 후회되고 그 때문에 비참하겠지."

나는 숙여진 이준이의 머리를 강제로 들어 올렸다.

"지금 와서 후회한다고 뭐가 바뀌지? 죽은 사람이 다시 살아 돌아오나? 아니, 신이 아닌 이상 불가능해. 오히려 망자들을 욕보이게 만들 뿐이지."

그리곤 이준이의 양 어깨를 붙잡으며 단호하게 말했다.

"그러니 지금의 분함을 마음에 새기고 더 노력해. 땀 흘려 노력했는데도 부족하면 피를 토할 정도로 매진해. 누구도 희생되지 않을 상황을 만들 수 있도록."

아마 할아버지였다는 이렇게 조언해 주시지 않았을까?

더 나은 결과를 취하기 위해서는 더 강해지는 수밖에 없었으니까.

"그리고 한 부대를 이끄는 지휘관이라는 것도 잊지 마. 네가 흔들리는 순간 너를 따르는 모두에게 위기가 닥친다."

"……네, 대장님."

이준이는 터져 나오려는 울음을 꾸역꾸역 참아 내며 고개를 끄덕였다.

과거 도박장에서 해 줬던 조언을 진정하게 깨달았을 것이다.

소중한 걸 지키기 위해선 모든 상황을 가정해 준비하며 이를 수행할 힘도 갖춰야 한다는 것을 말이다.

그렇기에 그 외에 첨언은 하지 않았다.

오히려 이준이의 마음을 혼란스럽게 만들 테니까.

그러니 이준이를 믿고 현 상황에서 해야 할 일만 신경 쓰자.

"일단 대원들 위주로 치료부터 하자."

시민들 중에도 부상자가 많았으나, 위중한 이를 제외하곤 광명대를 우선시한다.

나찰의 습격이 뒤이어질지 모르니 전투를 대비해야 하니까.

그렇게 무사들의 상태를 확인하고 치료를 진행할 무렵.

성지한과 김채아, 그리고 지율이가 이끄는 부대가 속속들이 합류했다.

순식간에 만이 넘는 인원이 집결지로 몰린 것이다.

"대원들의 상황은 어떻지?"

내 물음에 김채아 선인이 작게 한숨을 내쉬었다.

"부상자가 많습니다. 절반은 자기 몸을 가누기도 힘든 실정입니다."

"저희 부대의 상황도 별반 다르지 않습니다."

뒤늦게 빠져나온 탓에 이준이의 부대보다 피해가 극심한 상황이었다.

그래도 죽은 게 아니라면 괜찮다.

약선의 제자인 내가 어떻게든 살려 낼 테니까.

"그럼 부상자들을 한곳으로……."

그렇게 명령을 내리는 순간이었다.

수도 쪽에서 거대한 기운이 방출되었고, 이내 거대한 섬광이 들이닥쳤다.

순간적으로 시각을 잃게 될 정도의 백광(白光).

그로 인해 백색만이 존재하게 된 세상.

그러나 내 시야엔 한 사람의 모습이 선명하게 잡혔다.

너무나도 친숙한 기운과 함께.

'할아버지…….'

뒤이어 일어난 거대한 폭발은 강력한 폭풍을 몰고 왔다.

"으아아악!"

백성들을 비롯해 무사들마저도 공포에 떨며 서로를 껴안았다.

반면 나는 거센 폭풍을 맞으며 앞으로 걸어갔다.

입술을 깨물며 두 주먹을 불끈 쥐었다.

'한순간도 놓칠 수 없다.'

보이지 않아도 눈에, 부족하다면 온몸에 새겨야 한다.

강대한 기운 속에서 선명하게 느껴지는 또 다른 기운을.

할아버지의 선천진기였다.

무신이 모든 것을 담아 날리는 최후의 일격.

그에 비하면 작지만 단단한 음기가 대항했다.

'죽어라.'

음양의 충돌로 인해 또다시 일어난 폭풍.

그럼에도 나는 흔들림 없이 육감에 집중했다.

이윽고 거대했던 양기 폭발이 사그라들며 수도 내부에 정
적이 내려앉았고.

"……."

다리에 힘이 풀려 주저앉아 버린 나는 허탈한 심정을 감출
수가 없었다.

익숙한 기운이 희미해져 가는 것에 반해, 작은 음기는 여전
히 선명했으니까.

할아버지가 패배했다.

무신이 무릎 꿇으며 인류의 희망이 사라졌다.

내가 기댔던, 의지해 마지않았던 거목이 쓰러져 버렸다.

'나는…….'

회귀 전과 과정은 달랐으나, 내가 아는 미래와 크게 다르지 않았다.

아니, 오히려 상황을 더욱 악화시켰다.

위대한 일곱 혈족을 끌어들였고, 할아버지와 신유철 선왕 전하를 잃었으니까.

나는 대체 무엇을 위해 노력해 왔던 것일까?

결국 같은 미래를 향해 나아가고 있는 것은 아닐까?

이제는 뭘 어떻게 해야 되지?

할아버지마저 어쩌지 못한 나찰들을, 알파를 내가 이길 수 있는가?

부정적인 생각이 온몸을 침식해 갈 때였다.

"이서하!"

어느새 앞으로 다가온 아린이가 양 볼을 잡았다.

"일어나. 움직여. 네가 해야 될 일을 해."

큰 눈동자가 나를 빤히 바라본다.

동요하는 감정 따윈 존재하지 않는.

오직 나를 향한 믿음만이 가득 찬 눈동자가 말이다.

"걱정하지 마. 흔들려도 돼. 불안해해도 돼. 다 괜찮아."

폐허나 다름없어진 수도가 점차 옅어진다.

그리고 한 여인의 얼굴이 내 시선을 가득 채워 갔다.

"네 곁엔 언제나 내가 있을 테니까."

그녀의 미소와 더불어 진한 풍란 향이 마음속 불안감을 잠재워 갔다.

"넌 혼자가 아니야."

아린이의 손을 통해 온기가 전해진다.

본인의 음기를 양기로 바꾸며 얼어붙은 내 마음속을 서서히 녹여 나간다.

"힘들면 나한테 기대. 품에 안겨 울어도 돼. 네가 나한테 해 줬듯, 나도 그렇게 해 줄게."

아린이의 입술이 내 입가에 와 닿았다.

"넌 나의 모든 것이니까."

그 순간, 정신이 번쩍 들었다.

이준이에게 충고를 해 준 지 얼마나 됐다고 내가 무너져 버렸다.

심지어 광명대 모두가 보는 앞에서.

"……미안, 아린아. 추한 모습을 보였네."

한심했던 나를 돌아보며 후회하지만, 아린이는 싱긋 웃어 보일 뿐이었다.

"괜찮아. 너는 네가 원하는 걸 하면 돼."

"……고마워."

나는 천천히 일어나 주변을 둘러보았다.

아린이를 비롯해 지율이와 이준이, 성지한과 김채아 선인, 그리고 광명대 무사들.

잊고 있었다.

모두를 잃어버린 게 아니며, 나에겐 아직 많은 것들이 남아 있음을.

동료들이 있고 신평과 계명, 그리고 목령인들까지 힘이 되어 줄 것이다.

그리고 나는 아직 무너져선 안 된다.

'할아버지는 나에게 다음을 맡겼다.'

나는 무신 이강진의 유지를 이어받은 존재이자, 현 국왕의 수호를 부탁한다는 선왕의 염원을 이뤄야 할 책임을 지녔다.

더 이상 한심한 생각이나 하고 있을 때가 아니었다.

두 존재의 기대를 저버리지 않기 위해.

왕국의 평화와 행복을 지키기 위해.

무엇이 최선인지를 고민하고 또 고민해야 한다.

'나는 뭘 해야 하는가?'

적오를 죽임으로써 신평과 수도의 길을 뚫었다.

그 결과 수도의 상황이 전달되어 신평에서 움직였을 것이고, 국왕 전하와 합류했을 가능성이 높다.

'그렇다면 나는……'

청신으로 간다.

할아버지와 함께했던 세 노고수와 육도검 이재민이 이끄는 철혈대가 있다.

그들과 함께 전하에게 합류하며 힘을 집중시키는 것이 최선일 것이다.

생각을 마친 나는 곧바로 명을 내렸다.

"우리는 청신으로 이동한다. 몸이 좋지 않은 백성들은 무사들이 챙기도록. 서둘러라!"

슬퍼하는 건 여기까지다.

언젠가 저승에 가더라도 할아버지에게 자랑할 수 있도록.

나만의 서사를 써 내려가리라.

Chapter 129.

폐허가 되어 버린 수도.

땅거미가 깔리며 과거의 영광이 사라진 공간이 더욱 허무하게 느껴졌다.

한 사내가 그곳을 천천히 지나갔다.

그리고 얼마 지나지 않아 그가 우뚝 걸음을 멈췄다.

부서진 석재 계단만이 흉측하게 남아 있는 곳.

바로 조금 전까지만 해도 왕궁이 존재했던 장소였다.

그 옆에선 한 존재가 가부좌를 틀고 앉아 있었고, 사내가 그를 지나쳐 서서히 시선을 들어 꼭대기를 바라봤을 때.

가장 높은 곳에 앉아 있던 사내와 시선이 마주쳤다.

그의 옆에서 팔짱을 끼고 있던 여인이 막 도착한 사내를 향해 천천히 내려갔다.

"오랜만이야, 선생?"

"그러고 보니 뵌 지 오래되었네요."

천천히 걸음을 옮겨 지척에 다가온 여인, 베타가 입꼬리를 비틀며 말했다.

"그보다 여긴 어쩐 일이야? 일은 이미 다 끝났는데?"

"뭔가 오해가 있으신가 본데, 도움이 되기 위한 조치였을 뿐입니다. 제가 있어 봤자 방해만 됐을 테니까요."

정해우의 말에 베타는 피식 웃었다.

"자, 원하는 대로 수도를 함락했고 임무도 성공했어."

베타가 가리킨 방향을 바라보자 상체만 남은 신유철과 그 맞은편에 앉은 이강진의 모습이 보였다.

미동도 보이지 않는 것으로 보아 살아 있다 여기는 건 무리였다.

"솔직히 좀 아까워. 우리 애들 먹잇감으로 주고 싶은데."

"그러셔도 됩니다. 처리가 목표였지, 시체가 필요한 건 아니었으니까요."

"안 돼. 알파가 가만히 두라고 했거든."

"알파 님이요?"

정해우가 의아한 얼굴로 알파를 올려다봤다.

"맞아. 그러라고 했다."

"이유가 있습니까?"

"그냥, 저런 적이 있었다는 것을 기념으로 남겨 두는 것도 나쁘지 않을 거 같아서. 근사한 무덤이라도 만들어 놓으려고."

후대를 향한 경고의 의미도 포함해서 말이다.

알파의 생각을 알아챈 정해우는 고개를 끄덕이며 주변을 돌아봤다.

그리고 문득 전과 다른 점을 깨달을 수 있었다.

"시그마 씨가 안 보이는군요."

"죽었다."

대답은 치료에 집중하던 로에게서 흘러나왔다.

"이강진의 일격을 막다가 죽었지."

"……그랬군요."

쓸쓸해하는 정해우의 모습에 베타가 이를 악물었다.

"안 그래도 그거에 대해 묻고 싶었어. 작전대로 하면 어떤 희생도 없을 거라고 하지 않았었나?"

"그랬었죠."

정해우는 나지막이 말한 뒤 알파를 향해 걸어갔다.

"하지만 계획대로 되기만 하는 일은 없지 않습니까? 중요한 건 목표를 완수했다는 것이겠죠."

1차 목표였던 이강진 제거와 더불어 신유철까지 처리한 것을 고려하면 작은 대가였다.

"시그마 님 일은 아쉽게 되었지만요."

"아쉽게 되었다?"

베타가 인상을 찌푸리며 불쾌하다는 기색을 대놓고 드러냈다.

"하찮은 작전 때문에 마물들이랑 동료가 죽었는데, 한다는 말이 고작 그거야?"

감정 없이 내뱉은 상투적인 말에 짜증이 일었다.

여타 나찰들과는 다른 반응이었다.

본디 다른 혈족의 생사에 크게 충격을 받지 않는 게 나찰의 특성.

그렇기에 알파나 로가 시그마의 죽음에 느끼는 감정은 아쉬움.

그뿐이었다.

그러나 베타는 달랐다.

혈족이 다르더라도 다른 나찰들을 생각하는 마음.

그것이 여왕의 혈통이 갖는 특징이었기 때문이다.

그 때문에 로나 알파와 달리 베타는 화를 내며 정해우를 빤히 바라봤다.

"무릎을 꿇고 사과해도 시원찮을 판에, 고작 아쉽다?"

하지만 정해우는 여전히 무표정하게 말했다.

"원하시는 게 그것이라면."

"……너 죽고 싶구나?"

베타가 살기를 띠며 다가가는 순간이었다.

한순간 하늘에서 떨어진 누군가가 둘 사이에 끼어들었다.

"어머, 베타 언니가 있었네?"

람다는 민망한 얼굴로 베타와 정해우를 번갈아 보더니 슬쩍 한 걸음 물러났다.

"분위기가 영 안 좋은데? 나중에 다시 올게."

"……쯧."

베타가 혀를 차며 흥분을 가라앉혔다.

람다의 개입으로 흐름이 깨져 버렸기 때문이다.

그러나 베타는 경고를 남기는 걸 잊지 않았다.

"제 명대로 살고 싶다면, 나를 대하는 태도를 바꾸는 게 좋을 거야."

그리고는 등을 돌려 원래의 자리로 돌아가 버렸다.

그렇게 계단 밑에 정해우와 람다, 로만이 남게 됐을 때.

정해우가 람다에게 의문을 드러냈다.

"왜 혼자십니까? 엡실론 님과 함께 가시지 않았습니까?"

"아, 그 노인네?"

람다는 미소를 지으며 해맑게 답했다.

"죽었어."

베타와는 정반대의 성격을 가진 람다는 동료의 죽음이 오히려 즐거운 듯 보였다.

"선왕이라는 놈이 나타나서 죽였어. 나는 겨우 빠져나왔고."

"뭐? 지금 뭐라고 했지?"

베타가 람다를 돌아보았다. 람다는 그런 베타에게 어깨를 으쓱했다.

"죽었다니까. 선왕이라는 놈이 나타나서……."

"근데 넌 살아남았다?"

베타는 람다의 몸을 훑어보며 말했다.

"그것도 상처 하나 없이?"

"에이, 언니. 알면서 뭘 물어? 당연히 죽기 살기로 도망쳤으니까 그렇지. 살아 돌아온 거에 감사하라고."

능청스럽게 답하는 람다의 모습에 베타가 머리를 쓸어 올렸다.

"하아…… 저 망할 년은 옛날이나 지금이나 달라진 게 없네."

정해우 또한 한숨을 내쉬며 고개를 절레절레 저었다.

그러나 베타와 달리 불만으로 그치진 않았다.

"엡실론 님이 당하실 거라곤 생각지 못했지만……."

의외의 변수가 있었다면, 불가능한 일도 아니었다.

"저분의 현역 복귀를 염두에 두지 못했으니, 어쩔 수 없죠."

신유철의 강함은 두 눈으로 목격했다.

그렇기에 시그마를 잃었지만 이강진과 신유철을 제거했기에 더욱 이득이라 판단했다.

하지만 람다의 말대로라면 상황이 복잡해졌다.

엡실론까지 죽었으며 도망쳤다는 것으로 보아 신유민 또한 놓쳤을 것이다.

이는 예상외의 손실이었다.

그리고 이런 결과를 맞이하게 된 원인은…….

'이서하 때문이겠지.'

그의 소행이 아니고서는 절대로 일어날 수 없는 일이었다.

약선 때의 상황과 동일했다.

곧 죽어도 이상하지 않을 신유철이 되살아났으니까.

'하나만 가져온 게 아니었던가?'

여러 개를 가지고 온 것인지, 아니면 뭔가 다른 수를 쓴 것인지 알 방도는 없다.

그보단 결과를 신경 써야 했다.

죽었어야 할 약선이 되살아났고, 신유철 때문에 엡실론과 시그마를 잃었다.

그 모든 결과는 이서하로 인해 벌어진 것이었다.

'항상 변수를 몰고 다니는구나.'

정해우는 알 수 없는 불안감에 혀를 찰 수밖에 없었다.

이서하가 여전히 살아 있다는 것.

이는 곧 향후의 계획에 반드시 변수가 생길 것이란 뜻이나 마찬가지였다.

'천추의 한이로구나…….'

백두검귀를 비롯해 수차례 진행했던 시도가 결국 화가 되어 돌아왔으니 말이다.

그렇기 이서하로 인해 머릿속이 복잡해질 무렵.

"분위기 살벌하네."

한 여자가 폐허가 된 왕궁으로 들어왔다.

화려한 치마와 저고리. 머리에 수많은 비녀를 꽂은 여자는 곰방대를 입에서 떼며 말했다.

"중요한 사업 이야기를 하려고 왔는데."

암부의 단주 예담.

"다음에 다시 올까?"

그녀가 선택을 내린 것이었다.

◆ ◆ ◆

청신(青申).

익숙하고 정겹게 여겨져야 마땅할 장소.

그러나 이전까지 느껴지던 생기는 찾아볼 수 없고, 짙은 흙 빛으로 물들어 을씨년스러운 기운만이 감돌 뿐이었다.

할아버지란 기둥이 사라져 버렸기 때문일까?

그래서인지, 도시에 가까이 다가갈수록 두려움마저 밀려 왔다.

청신의 사람들을 어떻게 마주해야 할까.

그렇게 답이 없는 고민을 거듭하며 입구를 지나 안으로 들 어섰을 무렵.

분주히 움직이는 일단의 무리가 시야에 들어왔다.

수도의 상황을 전해 들었는지 철혈대는 출진을 준비하는데 여념이 없었다.

정신없이 오가는 이들을 가만히 바라보고 있자, 누군가 나를 향해 달려왔다.

"서하야!"

아버지였다.

내가 무어라 답하기도 전, 아버지는 나를 와락 끌어안으며 안도의 한숨을 내쉬었다.

맞닿은 가슴으로 쉴 새 없이 쿵쾅거리는 박동이 전해졌다.

연신 등을 쓰다듬는 손길에서도 아버지의 감정이 물밀듯 흘러들어 왔다.

'아⋯⋯.'

그 순간 알 수 있었다.

심적으로 고통스러웠던 건 나만이 아니었구나.

아니, 오히려 나보다 갑절의 고통을 느끼셨을 것이다.

소식을 접하셨을 때부터 찰나의 순간이 억겁같이 느껴지셨을 것이다.

초조함과 불안감에 한시도 가만히 계시지 못하셨을 것이다.

하나뿐인 아들과 아버지를 한순간에 잃게 될지 모른다고 생각하셨을 테니까.

'그런데 내가 가장 힘들다고 생각했다니⋯⋯.'

지옥에 갇혀 고통의 순간을 보낼 사람은 따로 있었는데 말이다.

그렇게 어리석었던 생각을 후회할 때에도 아버지는 내 몸 이곳저곳을 더듬기 바빴다.

"몸은 괜찮으냐? 어디 다친 곳은 없고?"

"멀쩡합니다."

"정말 괜찮은 것이냐? 걱정할까 봐 숨기는 건 아니고?"

"아닙니다. 정말로 괜찮으니 걱정 마세요."

"……그렇다면 다행이구나."

수차례 별일 없음을 밝히고 나서야 아버지의 얼굴에서 안도의 기색이 엿보였다.

하지만 그 모습이 내 마음을 더욱 아리게 만들었다.

내가 멀쩡한 것은 할아버지의 희생이 뒤따랐기 때문이니까.

사실대로 고해야 할 것을 생각하니 말문이 막혔다.

무슨 말로 시작해야 할까?

어떻게 전해야 아버지가 조금이나마 덜 괴로워하실까?

'……그게 가능할 리가 없잖아.'

내가 할아버지라 부를 수 있는 것도, 아버지가 있기 때문이다.

나만큼이나 가까운 혈육이며, 사이가 틀어져 오랜 시간 떨어져 살았다 한들 한번 정해진 부자의 관계는 변하지 않았다.

더군다나 최근 나로 인해 벌어졌던 거리감을 좁혀 가시고 있었다.

그렇기에 자신이 없다.

아무리 돌려 말한들, 아버지가 느낄 심적 고통을 덜어 낼
수 없을 테니까.

무거운 죄책감에 차마 입을 떼지 못했다.

그로 인해 아버지와 나 사이엔 적막만이 감돌 뿐이었다.

하지만 회피가 능사는 아니고, 아버지도 언젠가는 알게 되
실 일이다.

그러니 힘들고 두렵더라도, 사실대로 말씀드려야 했다.

그렇게 마음을 다잡으며 굳게 다물어진 입술을 열려는 순간.

"그래, 그럼 됐다."

아버지는 어깨를 토닥여 주셨다.

"그러면 됐어……."

그리고는 모든 것을 이해한다는 듯 미소를 지으며 바라보
셨다.

아니, 애써 웃어 보이려 노력하고 계셨다.

어떤 상황인지 이미 알아채신 것이다.

할아버지 이강진이 세상을 떠났다는 사실을.

그럼에도 벅찬 감정을 억누르며 마음 놓고 눈물조차 흘리
지 못했다.

나 때문에.

자신이 슬퍼하면 내가 힘들어할 것을 알기에.

비탄한 순간에도 도리어 아들의 눈치를 보며 속내를 감추

시는 것이다.

혹여나 그 마음이 들킬까 아무것도 없는 허공만을 바라보면서 말이다.

아버지의 배려에 나는 꿀 먹은 벙어리가 되어 아무런 말도 이어 갈 수 없었다.

그렇게 둘 사이에 또다시 침묵이 자리 잡을 무렵.

한 노인이 나에게 다가왔다.

"오셨습니까?"

도공 최씨였다.

"철혈대는 언제든 출진할 준비를 마쳤습니다."

차분히 보고하는 음성과 달리, 그의 두 눈은 붉게 충혈되어 있었다.

나와 아버지의 대화를 통해 그 또한 내막을 파악한 것이다.

오랜 상관이자 전우를 잃게 되었다는 현실을.

그럼에도 그는 감정을 드러내지 않으며 전과 동일한 고조로 말을 이어 갔다.

"지시를 내려 주십시오. 가주님."

그 순간 무언가에 얻어맞은 듯한 충격이 전해지며 정신이 또렷해졌다.

'그래, 그랬었지……'

주변을 돌아보자, 최씨 외에도 수많은 사람들의 시선이 나에게 집중되어 있었다.

그들 모두는 한결같이 동일한 의미를 전하고 있었다.

'너는 청신의 가주다.'

청신에 들어서기 전까진 광명대장 이서하였을지 모르나, 이제는 아니다.

청신에 속한 모든 이들의 목숨을 짊어져야 하는 존재.

그것이 청신의 가주 이서하의 역할이라는 것을 말해 주고 있는 것이다.

'차분히 생각해라.'

짊어진 것이 많은 만큼 다음 수를 신중하게 골라야 한다.

내 선택에 따라 모두의 운명이 결정될 테니까.

'할아버지라면 어떻게 했을까?'

이대로 철혈대를 이끌고 가 복수를 했을까?

아니면 신평으로 가 재정비하는 것을 선택하셨을까?

그렇게 고민을 거듭하던 나는 도공 최씨를 바라보았다.

"우리는 신평으로 갑니다."

이것이 숙고한 끝에 내린 결정이었다.

그러나 최씨는 미간을 좁히며 다른 의견을 제시했다.

"외람된 말이지만, 지금 수도로 향해 나찰을 공격한다면 그들을 토벌할 수 있을지 모릅니다."

그의 눈빛은 복수심으로 불타고 있었다.

"그렇게 하시는 것이 어떻겠습니까?"

최씨의 말에도 일리가 있다.

할아버지를 상대로 혈투를 벌였으니 나찰들의 피해도 작지 않을 것이다.

그러니 지금 쳐들어간다면 승산이 있다고 판단한 것이겠지.

하지만 그건 상대를 정확히 파악하지 못한 데서 비롯된 착각일 뿐이다.

"다들 같은 생각이시라면, 재고하시는 게 좋을 겁니다. 중대한 요소를 간과하고 계시니까요."

이 순간 수도로 향하는 것은 섶을 지고 불 속으로 뛰어드는 것과 마찬가지일 수 있다.

"첫째, 나찰의 회복력을 무시하셨습니다."

인간과 비교할 수 없을 정도로 뛰어난 회복력을 갖춘 존재가 나찰이다.

그리고 할아버지가 상대한 이들은 일반 나찰의 범주를 벗어난 위대한 일곱 혈족들.

전투가 종료된 지 꽤 오랜 시간이 흐른 만큼 그들이 어느 정도 회복했을 가능성을 무시할 수 없다.

"둘째, 나찰들이 수도에 남아 있다는 보장이 없습니다."

수도를 버리고 본거지로 돌아가 버렸다면 헛걸음한 꼴이 될 것이다.

하지만 그편이 가장 나은 결과였다.

그들의 목적지가 다른 곳이라면, 사태는 돌이킬 수 없게 될 테니까.

혹여 적오가 있던 대고원을 차지한다면 신평과 수도를 잇는 길이 끊어지게 된다.

전처럼 먼 거리를 돌아가야 하는 만큼 계획에 차질을 빚게 된다는 말이었다.

그리고 마지막으로……

"할아버지였다면, 분명 국왕 전하를 지키는 쪽으로 선택하셨을 겁니다."

우리는 청신.

국왕 전하를 지키는 방패다.

할아버지는 누구보다 이에 자부심을 가지고 계셨다.

나 또한 할아버지의 길을 따를 생각이었다.

"……그렇겠네요."

도공 최씨는 그제야 씁쓸하게 웃으며 고개를 끄덕였다.

"가주님 말대로 우리 대장이라면 그랬을 겁니다."

"이해해 주셔서 감사합니다."

"아닙니다. 이 무지한 놈을 일깨워 주셔서 감사할 따름입니다."

"감사하기엔 상황이 적절하지 않군요."

지금은 한가로이 감사를 표하고, 이에 답하고 있을 때가 아니었다.

"철혈대를 이끌고 신평으로 가 주시길 바랍니다."

"네, 가주님. 명령을 받들겠습니다."

전과 달리, 도공 최씨는 이유도 묻지 않고 고개를 끄덕였다.

그리곤 등을 돌리며 당장 이행할 기세를 보였다.

그런 최씨를 붙잡으며 나는 한 가지 부탁을 건넸다.

"그리고 이준하를 불러 주시겠습니까?"

"네, 가주님."

도공 최씨는 대답과 동시에 시선을 돌렸고, 철혈대 중 한 사람이 순식간에 사라졌다.

그로부터 얼마 지나지 않아 이준하가 황급히 달려왔다.

"부르셨습니까, 가주님!"

"그렇게 각 잡을 필요 없어."

동갑내기이니 말이다.

하지만 이준하는 긴장한 얼굴로 고개를 흔들었다.

"전시일수록 규율은 더욱 엄격하게 지켜져야 합니다."

"그건 그렇지."

확실히 이 녀석도 성장하긴 했구나.

믿고 임무를 맡길 수 있을 것만 같다.

"이준하. 너에게 임무를 맡기마."

"명령만 내려 주십시오."

"너는 지금부터 청신의 주민들과 피난민들을 데리고 은악으로 향해라."

"……은악으로요? 신평이 아니라?"

이준하는 멍하니 나를 바라보다 말했다.

"신평에서 모여 반격하는 것이 아닙니까?"

"맞아."

"그런데 왜 나는 은악으로 가는데? 나도……."

실망감이 컸는지, 계속 유지하던 존대도 잊고 반문하는 이준하였다.

그의 마음을 모르는 바는 아니다.

혼자 도망치는 것 같아 자존심이 상했을 것이다.

본인도 한 사람의 무사로서 전투에 참여하고 싶었을 테니까.

"이준하."

하지만 그의 생각처럼 전장에 서는 것이 능사는 아니다.

이준하가 맡은 일은 무엇과 비교해도 뒤처지지 않는 중요한 임무였다.

"꼭 전장에 서는 것만이 전쟁에 참여하는 것은 아니다. 네가 맡은 일은 적과 맞서는 것 이상으로 중요한 일이라는 점을 명심해."

무사만으로 왕국은 존립할 수 없다.

즉, 백성은 나라의 근간.

그렇기에 이들을 지키는 일은 무엇보다 중요한 일이었다.

전투에서 승리를 거둔다 한들 근간을 잃게 되면 결국 패배한 것이나 다름없으니까.

"한 사람도 낙오되지 않게 데리고 가라."

"……."

이준하는 잠시 머뭇거리더니 이내 고개를 끄덕였다.

"명을 받겠습니다."

나는 그와 함께 온 무사를 보았다.

입학시험 당시의 인연으로 이제는 이준하의 오른팔이 된 김용호였다.

"준하를 부탁한다."

"걱정하지 마십시오! 이 목숨 바쳐 지키겠습니다."

"그래."

나는 이준하의 어깨를 토닥인 뒤 발걸음을 옮겼다.

저 멀리 청신산가가 보인다.

친구들과 수련했고, 할아버지에게 무공을 배웠던 곳.

그리고 할아버지와의 추억과 기억이 담긴 공간.

나는 그런 소중한 청신을 버린다.

과거에 얽매이지 않고 미래로 나아가기 위해.

◆ ◈ ◆

"상황이 이래 대접은 할 수 없지만, 편하게 앉으시죠."

"편하게요?"

예담이 못마땅하다는 표정으로 한 곳을 바라봤다.

전투가 격렬했던 만큼, 도시에 제대로 된 게 남아 있을 리가 없었다.

그 때문에 논의를 진행하는 장소엔 돌을 깎아 만든 의자가 전부였다.

"어떻게 앉으면 편할 수 있을지 궁금하네요."

돌의자 위에 담요를 펼친 뒤 다리를 꼬고 앉은 예담은 천으로 입을 가렸다.

"먼지도 많고. 회담하기 너무 좋다. 안 그래요?"

비꼬는 기색이 역력함에도 정해우는 미소를 지으며 답했다.

"그럼 빨리 이야기를 끝내면 되겠군요. 원하시는 게 무엇입니까?"

"어머, 성격도 급하셔라."

빈정거리는 태도는 여전했지만, 이야기를 빨리 마치고 싶은 것은 예담 또한 마찬가지였다.

그녀는 즉시 한 방향으로 시선을 돌렸다.

"내 눈에는 잘 안 보이는데, 저 희끄무레한 게 무신(武神) 이강진 맞죠?"

"그렇습니다."

예담은 고개를 끄덕였다.

증거를 요구할 이유는 없었다.

이토록 격렬한 전투 이후에도 나찰들이 살아 있다는 뜻은 무신이 죽었다는 의미나 다름없었으니까.

예담은 복잡한 얼굴로 한때는 무신이라 떠받들던 존재를 바라보다 정해우를 향해 넌지시 물었다.

"그보다, 왜 물어보지 않으시죠?"

"뭘 말씀하시는 건지 모르겠군요."

"왜 이주원을 돕지 않았는지. 그 이유가 궁금하실 텐데요."

정해우는 코웃음과 함께 답했다.

"저울질하고 계셨겠죠."

"저에 대해 잘 아시네요?"

예담은 호호 웃은 뒤 말을 이어 갔다.

"왕국이 이길까? 당신들이 이길까? 솔직히 판단이 안 섰거든요. 왕국에는 무신이 있고, 이서하 그놈도 꽤 강하고, 신유민 국왕은 4대 가문을 하나로 모으고 있지 않았습니까. 솔직히 은월단이 질 줄 알았거든요."

"그렇습니까?"

다소 자존심이 상할 이야기였음에도 정해우는 별다른 반응을 보이지 않았다.

지나간 것에 연연해할 필요는 없다.

중요한 건 현재이니 말이다.

"그래서 지금은 어떻습니까? 전과 같은 생각이십니까?"

"당연히……."

예담은 입을 가리고 있던 천을 내리며 입꼬리를 올렸다.

"당신 쪽으로 기울었죠."

이서하는 패퇴했고, 왕국은 수도와 함께 수많은 무사들을 잃었다.

그리고 무엇보다 무신이 죽었다.

이 나라를 지탱하고 있던 세 개의 기둥.

신유철, 이강진, 그리고 허운 중 중 두 개가 부러져 버린 것이었다.

저울은 완전히 은월단 쪽으로 기울었다 해도 과언이 아니었다.

"배가 떠난 건 아니겠죠?"

예담의 제안에 정해우는 즉답했다.

"부둣가에 잘 대어져 있습니다."

"어머, 고마워라. 그럼 이제 한배를 타기로 한 거로 알고, 각자 전리품을 어떻게 챙길지를 이야기해 보면 되겠네요."

"그럼요. 그건⋯⋯."

"아, 실례. 그건 그쪽보단 다른 분과 이야기하고 싶네요."

정해우가 표정을 굳히자 예담이 천진난만하게 웃으며 손을 내저었다.

"이건 충분히 이해하실 것 같은데요? 솔직히, 나중에 나찰들이 '그건 인간들끼리 한 약속이다.' 이러면서 반대하고 나서면 그때는 어떻게 할 방법이 없잖아요. 안 그래요?"

그때였다.

"물론이지!"

알파가 안면에 미소를 띠며 다가와 예담의 어깨에 손을 올렸다.

순간 예담은 긴장한 얼굴로 알파를 돌아보았다. 알파는 능청스럽게 예담의 어깨를 두드리며 말했다.

"왜 그렇게 긴장해? 누가 잡아먹기라도 하나?"

교섭에 있어 긴장하는 것은 금물이었지만 알파를 상대로는 어쩔 수가 없었다.

무려 무신을 죽인 나찰이 아니던가. 예담은 놀란 가슴을 진정시킨 뒤 입을 열었다.

"그렇게 놀래키시면 저같이 나약한 소녀는 심장이 떨어져 죽을 수도 있습니다."

"나약하기는. 내가 본 인간 중에 가장 독한 거 같은데."

알파의 말에 예담은 살짝 표정을 굳혔다.

사람 한번 잘 보는 나찰이었다.

뼈대 있는 농담을 한 알파는 의기양양한 얼굴로 정해우에게 시선을 돌렸다.

"우리 조건은 전달해 줬나?"

"알고 있을 겁니다."

그의 말대로 예담은 은월단이 원하는 바를 잘 알고 있었다.

"은월단이 내리는 명령에 따라 움직여 달라는 거 아닙니까? 그거야 쉽죠. 암부가 항상 하던 일이니까요. 중요한 건 보상이죠."

암부는 결코 공짜로 일하지 않는다.

"사실상 왕국 전복을 위해 움직이는 이상 화폐는 가치가 없을 거 같고. 더 확실한 보상을 원합니다."

"말해 봐."

알파가 몸을 앞으로 내밀자 예담이 빙긋 웃었다.

그 어떤 순간에도 가치가 떨어지지 않으면서 나찰이 지배하는 세상에서도 유용한 것.

그것은 바로…….

"땅을 주십시오."

지금 서 있는 바로 이 땅이었다.

알파는 예상했다는 듯이 바로 고개를 끄덕이며 말했다.

"물론이지. 성도에서는 너희들 마음대로 살도록 해. 그건 허락하지."

성도는 건드리지 않겠다.

지금 알파는 그렇게 말한 것이었다.

이에 예담이 피식 웃으며 말했다.

"어머, 서운하네요. 성도는 이미 우리 것인데."

"아니지. 원래 우리 것이었지만 넘겨주겠다는 뜻으로 해석해야지."

예담은 입맛을 다셨다.

상대의 반응이 예상보다 강했다.

하지만 그렇다고 순순히 물러날 순 없었다.

목적은 돈이 아닌 안전의 보장이었으니까.

그러니 여기서는 더욱 강하게 나가야 한다.

그리고 그 방법은……

"아이, 그럼 왕국 쪽에 붙어야겠다."

주저 없이 일어나는 것이었다.

알파는 어이가 없다는 듯이 웃으며 예담을 올려다보았다.

"그럼 가만히 보내 줄 거라 생각하나?"

"안 보내 주면 어쩔 수 없죠."

이번에는 예담이 알파에게 다가가 그의 코앞으로 얼굴을 들이밀었다.

"죽이시죠."

그리곤 입꼬리를 올리며 말을 이어 갔다.

"대신 이거 하나는 명심하세요. 제가 죽으면 암부는 왕국 군에 붙을 겁니다. 이래 보여도 저희가 의리는 좀 있어서."

"……"

알파는 대답 없이 예담의 큰 눈을 바라볼 뿐이었다.

그러자 예담이 혀로 입술을 적시며 말했다.

"왜요? 대놓고 잡아먹으라고 하니 좀 그렇습니까?"

그때였다.

"크크크."

알파가 킥킥거리더니 이내 박장대소하기 시작했다.

"하하하하! 이거 참. 인간들은 종잡을 수가 없단 말이야. 비슷한 거 같은데 다 달라."

어깨에 손을 얹었을 때만 해도 두려워하는 모습을 보였다.

그런데 지금은 오히려 죽지 못해 안달이라니.

도무지 한 가지 규정할 수 없는 인간의 특성이었다.

그래서 더욱 흥미롭게 느껴지는 것일지도.

그렇게 한참을 웃어 대던 알파가 다시금 표정을 굳히며 예담을 응시했다.

"원하는 땅을 말해 봐."

"수도를 포함해 운성과 은악까지. 왕국의 서쪽 전부를 원합니다."

그녀의 발언에 알파가 황당한 얼굴로 되물었다.

"생각보다 바라는 것이 많네?"

"그런가요? 저는 이것도 적다고 생각하는데요."

예담은 깔깔거리며 웃더니 이내 말했다.

"어차피 이 왕국은 제국으로 나아가기 위한 발판 아닙니까? 설마 인간들의 모든 왕국, 제국을 무너트린다는 분께서 조그마한 땅덩어리를 아까워하시는 겁니까?"

"하…… 원래 인간들은 이렇게 말을 잘하나?"

알파는 흥미로운 듯 예담과 정해우를 번갈아 보다가 고개를 끄덕였다.

"그래, 그럼 그렇게 하지. 대신 그쪽의 활약에 따라 보상이 늘어나거나 줄어들 수 있다는 거. 그건 알아 두라고."

"그런 걱정은 하지 않으셔도 좋습니다. 절대 실망하지 않으실 겁니다. 그럼, 먼지가 너무 많아서 전 이만 물러가 보겠습니다."

정해우가 고개를 끄덕이자 예담이 몸을 돌려 수도를 벗어나기 시작했다.

그렇게 시체밭을 지나 뼈대도 남지 않은 성문의 자리에 도달한 직후.

예담은 고개를 돌려 왕궁이었으나 폐허가 된 장소를 돌아보았다.

"······하아."

그리고는 머리를 쓸어 올리며 표정을 바꾸었다.

"얼굴에 쥐 나겠네. 씨발."

이토록 표정 관리가 힘들었던 적은 처음이었다.

◆ ◈ ◆

신평(新坪).

박민아는 영지의 외곽을 돌며 순찰 임무를 수행 중이었다.

양천이 습격당해 막대한 피해를 입은 상황.

그 결과를 두 눈으로 직접 확인했기에, 결코 방심해선 안됐다.

나찰이 신평에는 마수를 뻗치지 않으리라 장담할 수 없으니 말이다.

매일같이 신평의 외곽을 살피는 것도 그럴 여지를 만들지 않겠다는 의도에 기인한 것이었다.

다행히 눈에 띌 만한 요소는 보이지 않았고, 자신의 기우에 그칠 것이라 판단했다.

오늘이 되기 전까지는 말이다.

"……."

눈앞에 펼쳐진 상황 탓에 박민아는 멍하니 정면을 응시할 수밖에 없었다.

"지금 내가 헛것을 보는 게 아니겠지?"

"제 눈에도 그렇게 보입니다."

부관 역시도 당황한 얼굴로 고개를 끄덕였다.

두 사람이 이처럼 당황할 수밖에 없는 이유.

저 멀리서 짙게 피어오르고 있는 연기 때문이었다.

봉화를 올린 결과였다.

'……대체 무슨 일이 벌어진 거야?'

부관 또한 같은 상황을 목격했으니 자신의 눈이 잘못된 것이라 여길 수 없었다.

다만 모순되게도, 마주한 상황을 이성적으로 받아들이는 것도 어려웠다.

3개의 봉화가 동시에 연기를 피워 올리고 있었으니 말이다.

'저게 사실이라면…….'

봉화는 왕국의 안위에 문제가 생겼음을 알릴 때 사용한다.

하나의 불꽃은 임전(臨戰).

곧 전쟁을 벌이게 될 테니 미리 부대 편성과 물자 준비를 마치라는 의미였다.

두 개의 봉화는 촉전(促戰).

전투가 임박했다는 뜻으로, 각 지역의 부대는 봉화가 오른 지역으로 신속히 이동하라는 신호다.

마지막으로 세 개의 봉화가 의미하는 바는 발검(拔劍).

이미 전쟁이 시작됐다는 뜻이었다.

박민아가 크게 당황한 이유도 이 때문이었다.

3개의 봉화를 동시에 올렸다는 것과 그 발원지가 천일이라는 점.

즉, 수도가 적들에게 공격당하고 있다는 말이나 다름없었다.

그렇게 박민아가 선뜻 결정을 내리지 못할 때.

"너무 걱정 마십시오. 제가 가서 확인해 보고 오겠습니다."

부관은 별일 없을 것이라 여겼다.

아마도 명령 전달 과정에서 착오가 있었거나, 담당 무사가 실수로 불을 붙였을 것이다.

그로선 그렇게 생각할 수밖에 없었다.

아무런 예고도 없었고, 징후조차 파악되지 않았으니까.

난데없이 수도가 습격을 당하는 건 고려해 보지 못한 일이었던 것이다.

하지만 박민아의 생각은 부관과 달랐다.

그녀는 단 한마디로 그의 의견을 일축했다.

"아니, 그럴 여유는 없어."

잠시나마 부관과 같은 의문을 품었다.

하지만 돌이켜 보면, 충분히 가능한 일이었다.

왕자의 난이 끝난 후, 서하는 계속해서 나찰과의 전쟁이 시작될 것임을 경고해 왔었으니까.

'양천의 사태는 전초전이었을지도.'

그렇다면 수도가 가장 먼저 공격당한 것도 충분히 납득할 수 있었다.

현재는 왕국의 수도이지만, 과거 나찰과 전쟁을 벌일 당시엔 최전선의 요새였던 곳이 바로 천일.

여전히 북대우림과 근접해 있었으니, 아예 불가능한 일은 아니었다.

'그렇다면……'

박민아는 즉시 신평 쪽으로 시선을 돌렸다.

제2군단을 소집해 지원에 나서야 한다는 것을 떠올린 것이다.

하지만 이내 고개를 흔들어 머릿속을 비웠다.

'그러면 늦는다.'

불행 중 다행이라면, 현재 박민아가 있는 곳은 신평의 서쪽이자 수도와 가까운 위치.

한시가 급한 상황에서 본가로 돌아가는 악수를 둘 순 없었다.

"지금부터 우리는 수도로 향한다! 모두 당장 말에 올라!"

"넵!"

박민아의 명령에 신평의 무사들은 모두 천마 위로 올랐다.

그렇게 모두가 막 출발을 시작할 무렵.

박민아는 이미 저만치 앞서 달려가고 있었다.

부하들이 말에 오르는 짧은 시간조차도 기다릴 수 없었던 것이다.

온갖 걱정과 잡념이 그녀를 괴롭혔기 때문이다.

그 원인은 단연 이서하였다.

양천에서 만난 이후 그의 활약은 계속 전해 들어 알고 있었다.

마지막으로 들었던 대로라면 이서하는 천일에 있었을 것이다.

그런 수도에서 봉화 3개를 동시에 피울 정도의 전투가 벌어졌다.

그렇기에 더욱 걱정될 수밖에 없었다.

지금까지 모습을 고려하면, 누구보다 앞장서서 공격을 막고 있을 것이 분명했으니까.

'제발 무사해라. 제발……!'

말을 타고 달리는 와중에도 머릿속은 오직 이서하에 대한 근심으로 가득했다.

그러나 박민아는 이내 고개를 흔들어 잡념을 떨쳐 냈다.

'아니야. 괜찮을 거야.'

이서하의 주변엔 광명대가 있다.

그들이라면 어떻게든 이서하를 지켜 내 줄 것이다.

게다가 누구보다 믿을 수 있는 존재가 수도에 있었다.

이 나라의 기둥이자 최고라 해도 과언이 아닌 무신, 이강진.

절대로 친손자가 죽게 내버려 두지 않으실 것이다.

그러니 걱정할 것 없다.

그렇게 스스로를 안심시키며 달리던 중.

쿠오오오오오!

거대한 폭발음이 들려옴과 동시에 박민아가 급히 말고삐를 잡아당겼다.

"대장님! 방금 그건……."

수도까지는 아직 거리가 남아 있다.

그런데도 피부로 와닿을 정도의 거대한 폭발.

누구로 인해 벌어진 것인지는 고민할 이유도 없었다.

애초에 이 왕국에서 이 정도로 강대한 내공을 보유한 자는 무신뿐이었으니까.

그렇게 멍하니 수도를 바라보는 것도 잠시.

"……달려."

"네?"

부관의 물음에 박민아가 미간을 좁히며 목소리를 높였다.

"전속력으로 달리라고!"

그러면서 또다시 먼저 말을 박차며 앞서 나갔다.

조금 전 느낀 폭발의 의미를 뒤늦게 깨달은 것이다.

'무신님이 전력을 쏟았다!'

그 정도로 강대한 적이 등장했다는 뜻이었다.

'서하가 위험하다!'

그렇기에 잠시라도 멈춰서는 안 된다.

이기적인 생각일지는 모른다.

부대를 이끄는 대장으로서 내려선 안 되는 결정이었고, 후에 지탄을 받게 될 것이다.

그럼에도 박민아는 단 한 가지만 생각했다.

'조금이라도 더 빨리……'

어떻게든 신속하게 수도에 도착해 이서하를 데리고 빠져나간다.

오로지 그 목적만을 되뇔 뿐이었다.

그럴수록 박민아의 가슴은 답답해져 갔다.

'수도가 이렇게 멀었던가?'

한참을 달린 것 같은데, 목적지는 보이지 않는다.

그에 대한 애석함은 이내 본인을 향한 한탄으로 변모했다.

선배랍시고 의기양양했으면서, 언제나 도움만 받았다.

그런데 정작 이서하에게 도움이 필요할 때면, 왜 자신은 항상 그의 옆에 없는 것일까?

어째서 주변을 맴돌며 지켜봐야만 하고, 힘을 보태 주지 못하는가?

모두 내가 나약하기 때문이 아닐까?

그렇게 자신의 부족함을 탓할 때였다.

"멈춰라!"

한 남자의 외침이 한시가 급한 박민아를 멈추게 만들었다.

이윽고 풀숲에서 목소리의 주인이 모습을 드러냈다.

해진 갑옷을 입은 백발의 노장군.

그의 입에서 중후한 음성이 흘러나왔다.

"소속을 말하라."

"신평 제2군단 소속 박민아 대장입니다."

"그런가."

고개를 끄덕이며 안도의 한숨을 내쉬는 노인.

반면 말에서 내린 박민아는 의아한 표정으로 노인을 바라볼 뿐이었다.

노장군의 정체는 백성엽.

왕국의 대장군이었다.

수도를 지켜야 할 그가 어째서 이곳에 있는 것일까?

그 의문에 대한 답은 금세 알아챌 수 있었다.

"이제 나오셔도 됩니다, 전하."

뒤이어 모습을 드러내는 젊은 사내.

박민아는 상대를 확인하기 무섭게 급히 한쪽 무릎을 꿇었다.

"전하……."

왕국의 대장군을 만나게 된 이유.

그가 호위해야 할 존재가 이곳에 있다는 뜻이었던 것이다.

잠시 찾아온 의문이 해결됨과 동시.

박민아의 얼굴이 근심으로 가득해졌다.

그러면서 걱정 어린 눈빛으로 국왕 주위에 시립한 근위대의 얼굴을 하나하나 살폈다.

수도가 아닌 뜻밖의 장소에서 나타난 국왕과 대장군.

10명도 채 되지 않는 근위대.

이 상황이 뜻하는 바는 하나밖에 없었다.

그런 박민아의 의중을 눈치챈 듯 백성엽이 고개를 끄덕여 보였다.

"보이는 것처럼 상황이 좋지 않네. 그러니 지금부터는 박민아 대장이 전하를 호위해……."

하지만 백성엽의 설명은 계속되지 못했다.

박민아가 말허리를 자르며 대뜸 신유민에게 물음을 던졌기 때문이다.

"……전하, 서하는 어딨습니까?"

백성엽뿐 아니라 근위대의 표정이 순식간에 굳어졌다.

제2군단의 장군에 불과한 존재가 군의 정점에 오른 대장군의 말을 끊었다.

게다가 국왕이 입을 열기도 전에 제 물음부터 꺼내는 무례를 범했다.

제아무리 신평의 소가주라 하지만, 이건 도를 벗어난 행동이었으며 전시임을 고려하면 즉결 처형으로 다스려도 무방했다.

국왕의 존엄을 짓밟은 것이나 마찬가지였으니 말이다.

그러나 신유민은 전혀 개의치 않았다.

모두가 자신의 부족함에서 비롯된 일이고, 박민아의 심정을 모르는 바가 아니었으니 말이다.

"……쉽게 당할 아이가 아니니 무사할 것이다."

"무사할 것이라는 건 모르신다는 말입니까?"

신유민은 씁쓸한 미소로 답했으나, 뒤이어진 물음에는 차마 대꾸할 수 없었다.

그로서도 확답할 수 물음이었기 때문이다.

직후 박민아가 황급히 일어나며 부하들에게 명령을 내렸다.

"지금 당장 수도로 구원을 간다!"

지금 그녀의 눈에는 국왕 전하고 뭐고 하등 중요치 않았다.

이서하의 생사를 확인한다.

오직 그에만 집중한다.

그것이 박민아의 생각이었다.

달리 말하면, 그녀의 입장일 뿐이기도 했다.

"뭣들 하고 있나! 어서 움직이라니까!"

연이어진 명령에도 불구하고, 부하들은 서로를 바라보며 어쩔 줄 몰라 했다.

직속상관의 명을 어겨선 안 된다.

이는 일개 소대부터 군단에 이르기까지 공통적으로 해당하는 규율이었다.

일반적인 경우라면 말이다.

부관이 슬쩍 곁으로 다가와 모두의 심경을 대변했다.

"아무리 대장의 명이라도 그건 좀 곤란합니다……."

눈앞에 국왕 전하와 대장군이 떡하니 서 있는데, 그들을 내버려 두고 수도로 향한다?

후에 중벌이 내려질지 모를 일이며, 자신뿐 아니라 가족 모두에게 피해가 갈 수도 있었다.

이서하가 지존보다 높지 않는 한, 모두가 맞이하게 될 미래였다.

그렇게 박민아가 이도 저도 못한 채 멀뚱히 서 있기만 하는 부하들을 노려볼 때.

"박민아 소가주."

백성엽이 끼어들며 설득에 나섰다.

"그대의 마음을 모르지 않네. 찬성사의 안위가 걱정되는 건 나 또한 마찬가지일세. 하지만 그보다 중요한 것이 있음은 자네 또한 잘 알고 있지 않는가? 신평의 소가주이자 2군단에 속한 장군이라면 설명할 필요는 더더욱 없겠지."

"……."

국왕 전하를 안전하게 모시는 데 집중하라.

왕국에 속한 가문의 일원으로서.

군에 몸담은 장군이자 무인으로서.

왕국의 수호와 국왕의 안전을 우선시하라.

지위를 얻은 만큼 그에 따른 의무를 충실히 이행하라.

백성엽은 맡은 본분에 충실하라고 강조한 것이다.

"그렇습니까? 그렇다면……."

이에 대한 박민아의 대답은 간결했다.

자신의 말을 끌고 백성엽에게 다가간 그녀는 허리춤의 지휘용 검을 풀어 앞으로 내밀었다.

"지금부터 저는 제2군단 장군에서 물러나겠습니다. 이후 부대의 운용은 대장군님께 맡기도록 하죠."

"박민아 대장!"

여전히 뜻을 굽히지 않는 모습에 백성엽이 목소리를 높이며 분노를 드러내지만.

"수도에는 저 혼자 가겠습니다. 그에 따른 처벌은 후에 달게 받겠습니다."

박민아는 자신의 뜻이 확고함을 다시 한번 전달할 뿐이었다.

이윽고 두 사람은 서로를 지그시 응시했다.

마치 오랜 앙숙을 눈앞에 마주한 것처럼.

그렇게 당장이라도 검을 뽑아 베겠다는 기세로 대립이 첨예해질 그때.

"그럴 수 없다."

한 사람이 폭풍의 중심으로 발을 내디뎠다.

그와 동시에 백성엽의 기세가 순식간에 사그라들었다.

눈앞에 나타난 자는 다름 아닌 신유민.

왕국의 국왕이자 자신이 모시는 존재였다.

신하 된 자로서 어찌 주인을 향해 흉흉한 기세를 내뿜을 수 있을까.

이는 불충이었고, 백성엽에겐 절대 행해선 안 될 죄악이었다.

그렇게 등장만으로 한 사람의 기세를 꺾은 신유민이 다음 상대에게 시선을 돌렸다.

백성엽과 달리, 여전히 날을 세우고 있는 여인.

제아무리 국왕이라 한들, 현재로선 별 의미가 없었다.

그녀의 마음은 오직 한 사람에게만 집중되어 있었으니 말이다.

이를 증명하듯, 박민아가 답답함을 호소했다.

"방금 전 거대한 폭발이 의미하는 바는 전하께서도 알고 계시지 않습니까?"

그것이 인간의 승리를 뜻하는 것인지, 아니면 그 반대인지를 두 눈으로 확인하겠다는 의지의 표명이었다.

뒤이어 부정적인 결말일 때에 대한 대책을 꺼내놓았다.

"한시가 급합니다, 전하! 수도에 남아 있을 이들을 구해야 하지 않겠습니까?"

"그대 혼자서 말인가?"

신유민의 말에 박민아가 순간 주춤했다.

무신이 전력을 다했음에도 패배할 만큼 강력한 적이 존재한다.

그런 곳에 가 본들, 무슨 의미를 만들어 낼 수 있느냐.

본인에게 그럴 능력이 있다 자신하는가.

현실적인 부분을 꼬집은 것이다.

그러나…….

"설사 같이 죽게 되더라도, 저는 그리해야겠습니다."

박민아의 단호함엔 변함이 없었다.

비록 끝이 절망일지라도 본인 스스로의 의지로 맞이한 결과이니 후회는 없을 것이다.

"그대의 뜻이 그러하다면……."

신유민은 고개를 끄덕였다.

박민아의 저의가 무엇인지, 무엇을 바라고 있는지 충분히 이해했다.

"더더욱 허락할 수 없구나."

그렇기에 박민아의 의지를 부정하는 것이 이 순간 신유민의 역할이었다.

성군(聖君)이 될 것이라 다짐했고 그러기 위해 분전해 왔다.

하지만 그 모든 노력이 허사로 돌아갔다.

끝까지 남아 도시를 지켰어야 할 국왕이 누구보다 먼저 빠져나왔으니까.

수많은 발악에도 결국 용군(庸君)이 될 운명에서 벗어나지 못한 것이다.

'나는 여전히 어리석고, 부족하다.'

그러나 포기할 생각은 없었다.

단순히 왕위를 탐내 국왕에 오른 것이 아니었으니까.

보다 나은 왕국을 만들기 위해.

어제보다 오늘이, 오늘보다 내일이 살기 좋은 태평성대를 열기 위해.

인고의 계단을 차근차근 밟아 가는 것.

'그것이 내가 국왕이 된 이유이자 앞으로 나아갈 길.'

부족한 것은 채우면 된다.

지금까지의 노력으로도 부족했다면, 갑절로 매진하면 될 테니까.

그리고 절대로 좌절해선 안 된다.

자신이 포기하는 순간, 왕국의 백성들은 낭떠러지로 떨어져 버릴 테니까 말이다.

'마치 지금의 너처럼.'

신유민이 박민아의 얼굴을 빤히 바라봤다.

신평의 소가주이지만, 자신에겐 수많은 왕국 백성 중 한 사람이다.

그녀가 사지로 향하는 걸 방조할 순 없었다.

더 이상 자신의 신념이 꺾이지 않기 위해.

그리고 무엇보다.

"너도 잘 알지 않느냐?"

백성들을 구할 것이라 꾸몄지만, 그녀의 목적은 이미 파악하고 있었다.

그러니 스스로도 알고 있으면서 애써 외면하고 있을 부분을 인지시켜 줄 뿐이었다.

"서하가 원치 않을 것이다."

자신을 위해 누군가가 희생하는 것을 극도로 싫어하는 이서하였다.

무의미하고 어떠한 도움도 되지 않는 희생은 더더욱.

박민아는 이서하가 그렇게 꺼리고 기피하는 행동을 하려는 것이나 마찬가지였다.

"그래도 가겠느냐?"

신유민의 물음에 박민아는 주먹을 꽉 쥐며 고개를 숙였다.

그녀로서도 이번 물음엔 쉽게 답할 수 없었다.

이미 답을 알고 있었기 때문이다.

자신의 앞엔 하나의 길만 존재했으니까.

"……지금까지의 무례를 용서해 주십시오."

박민아는 한쪽 무릎을 꿇으며 고개를 숙였다.

조금 전 만났을 때와 동일한 자세.

그러나 이전과 지금의 박민아는 완전히 다른 사람이었다.

'서하는 자신이 어떻게 하기를 원할까?'

이에 대한 답은 하나밖에 없었다.

"신이 신평까지 안전히 모시겠습니다, 전하."

이것이 진정으로 서하를 위한 일이었다.

〈19권에 계속〉